普通高等教育艺术设计
专业“十二五”规划教材

设计色彩

主　编　冉　玉
副主编　张笑非　曾　颖　彭慧敏
　　　　关武军　王　宇

华中科技大学出版社
中国·武汉

内 容 简 介

本书的内容包括绪论、设计色彩的基础理论、设计色彩的表现形式及使用、设计色彩归纳写生、设计色彩与设计，配有丰富的中外色彩作品。本书通过研究写生色彩的基本规律，强化写生色彩与设计色彩之间的相互关系，引导学生从写生色彩中领悟出设计色彩的用色规律，将感性认识与理性分析完美结合；主张设计色彩应破除传统写生色彩教学的束缚，从写生色彩中归纳发现应用技巧，解决从艺术设计到专业设计的过渡与衔接，从而为学生进入专业学习打下良好的基础。

本书不仅适用于大中专院校的艺术设计专业及绘画专业的色彩基础教学，还可以作为美术设计专业人员及美术爱好者的色彩训练参考用书。

图书在版编目(CIP)数据

设计色彩 / 冉　玉　主编.—武汉：华中科技大学出版社，2011.6
ISBN 978-7-5609-7017-2

Ⅰ. 设…　Ⅱ. 冉…　Ⅲ. 色彩学-高等学校-教材　Ⅳ. J063

中国版本图书馆 CIP 数据核字(2011)第 051011 号

设计色彩　　冉　玉　主编

策划编辑:王连弟
责任编辑:吴　晗
封面设计:刘　卉
责任校对:朱　霞
责任监印:张正林
出版发行:华中科技大学出版社(中国·武汉)
武昌喻家山　邮编:430074　电话:(027)87557437
录　排:华中科技大学出版社有限责任公司
印　刷:湖北恒泰印务有限公司
开　本:889 mm × 1194 mm　1/16
印　张:5.5
字　数:146 千字
版　次:2011 年 6 月第 1 版第 1 次印刷
定　价:36.00 元

前　言

随着时代的发展和科技的进步，人们的生活质量越来越高，人们对色彩的依赖也越来越强。色彩与人们的衣食住行已经密不可分，设计色彩无处不在。学习设计色彩必须解决在专业设计中所涉及的色彩基础问题，从设计的角度进行思考和训练。

“设计色彩”课程是为色彩设计服务的，是以参与现代设计为目的而进行的专门训练。

“设计色彩”是艺术设计专业的必修课程。它试图在传统的技术性训练的基础上，在写实与构成之间搭起一座桥梁，深化传统的色彩训练内容，使学生在写生色彩与色彩构成之间能够自然转换，以此使学生在色彩方面的感受力、想象力、表现力、创造力等艺术思维能力在基础训练阶段就得到培养和锻炼。

本书力求在基础课程期间使技巧训练与思维开发同步，造型能力与创意能力并举，融创造性思维训练于技术性训练之中，侧重于设计色彩的归纳写生与设计色彩在视觉传达设计、环境艺术设计、工业设计、服装艺术设计等方面的应用，以探索有时代特征、适合我国当前艺术教育现状的色彩教学方法。

本书绪论由冉玉撰写，第一章由关武军撰写，第二章由王宇撰写，第三章由张笑非撰写，第四章由曾颖和彭慧敏撰写。全书由冉玉主持并负责统稿、审阅和修改。

本书的编写与出版，得到了华中科技大学出版社及郑州航空工业管理学院艺术设计系、黄河科技学院艺术设计学院、华北水利水电学院、洛阳师范学院美术学院、河南科技学院艺术设计学院等领导和同仁的大力支持，在此表示衷心的感谢；同时，还要向本书中所引用的图片的作者致以最诚挚的感谢！

囿于作者的水平，在编写过程中难免存在错误和疏漏之处，恳请广大读者给予批评指正。

编　者

2010 年 11 月 28 日

目录

绪论

第一节
学习设计色彩的重要性

学习设计色彩是为色彩设计服务的，是以参与现代设计为目的而进行的专门训练。学习设计色彩必须解决在专业设计中所涉及的色彩基础问题，从设计的角度进行思考和训练。本课程通过一系列循序渐进的课题训练，培养学生既有基本的色彩认知和表现能力，也有宽阔的色彩视野及色彩想象力，最终达到自如地运用色彩于设计之中的目的。

设计色彩作为艺术设计专业重要的专业基础课，一直受到各艺术院校的高度重视。然而，怎样才能使学生在有限的计划课时内，受到系统、正规、有效的设计色彩训练，并通过这些系统训练，真正掌握设计色彩的规律和要领，切实提高学生必须具备的色彩素养，是大家应该认真思考和努力解决的问题。

设计教育的人才培养目标的定位决定了它不能沿袭以培养绘画专业人才为目标的美术教育的教学模式，在基础教学阶段就应该开始有所区别。值得注意的是，目前，在一些院校设计专业的色彩基础课程中，仍然沿用绘画色彩（写实色彩）（图 0-1）的训练方法来培养设计专业的学生，这显然是有问题的。客观地分析，绘画色彩的训练方法在我国已形成相对成熟的模式，也确实收到了一些效果，但长久以来它也导致了一种故步自封、不思变革的思潮的蔓延，这对设计专业人才的培养肯定是不利的。

色彩是造型艺术的主要手段之一，也是一切造型艺术的重要基础。色彩是光线通过物体的反射，作用于人的视觉和大脑的结果。色彩具有最能打动人类直觉，并且可直接诉诸感情的力量。色彩作为设计中重要的形式因素，其应用价值和审美价值是毋庸置疑的。

因此，系统、科学地学习和研究设计色彩的基本规律，熟练地掌握设计色彩的基本理论与表现技巧，对每一个艺术设计专业的学生来讲，显得尤为重要和必要。

设计作为人类为实现某种特定目的而进行的创造性活动，它包含着设想、运筹、计划与预算。设计的终极目标永远是功能性与审美性的高度统一。工业设计中设计的内容涉及实用功能、信息功能与审美功能，其形式是产品的造型、用材、色彩、表面处理和装饰，既要顾及功能的完美，又要考虑审美的问题。例如产品设计中的色彩处理，既要考虑如何充分利用材料的本色和表面处理的本色，选择最适当的颜料、涂料、染料，又要选择最理想的色彩处理工艺，使之与产品的造型、材料、功能等相宜，还要表现出某种个性风格。而在视觉传达设计中，色彩的运用同样重要，它是一切视觉传达媒介引起受众注意、记忆、理解，乃至认同、信任的关键因素。（图 0-2）

图 0-1
水粉静物
（杨海峰）

图 0-2
电影招贴

色彩在设计中不仅能通过具体的色相、明度、彩度等因素有效传达产品的品格与性质，而且可以利用色彩心理、色彩感情创造丰富的联想，为产品的认知功能、使用功能、审美功能提供最直接的支持。色彩在相当程度上能够左右人类的情绪乃至改变人类的生活方式。优秀的设计一定是自觉地、巧妙地发挥色彩的魅力与力量，设计产品不仅能因为色彩而增加自身的附加值，同时还能不断提升产品本身的品位。（图 0-3）

那么，对一名设计师而言，只有全面地研究与认识设计色彩，包括色彩的物理属性与心理属性，熟练掌握设计色彩的表达与应用，才能使色彩在设计活动中真正发挥其“符号”的作用，为设计师向使用者传递有关产品的文化价值服务，使设计更具人性化特点。（图 0-4）

图 0–3
包装设计　喜憨儿文教基金会VI视觉识别设计系列
（中国台湾）

图 0–4
装饰画
（王清峰）

第二节
绘画色彩与设计色彩的比较

我们先来比较一下绘画色彩与设计色彩所要研究和解决的问题之间的区别，从而明确与之相适应的教学指导思想、教学目标、教学手段及教学方法等。

图 0–5
水粉静物
（杨海峰）

作为绘画基础的写生色彩训练，通过色彩的基本规律，来研究色彩的不可重复性，主张忠实、准确地再现客观自然的真实色彩关系，关注复杂微妙的色彩变化和光影变化，通过细腻丰富的色彩关系来表现真实的体积感、空间感和肌理质感，它强调的是感性处理，其过程也主要是凭借个人感性来寻找理想画面，是一种纯感性的方法。而设计色彩研究的是色彩的配置规律，强调的是意象表达，不追求对客观真实的图解或再现，而是关注色彩的本质特征、变化规律和形式美感，用色单纯简洁、鲜明亮丽，多作平面化的、具有装饰意味的夸张表现，具有较强的视觉冲击力，是一种主观观察和表现的色彩训练方法。绘画色彩与设计色彩的主要区别在于：前者强调的是表达自然的真实性，后者突出的是视觉感观刺激；前者强调的是色彩关系的准确性，后者更强调多元化和多样化的创新思维能力的培养。（图 0-5、图 0-6）

图 0–6
色彩归纳作业
（安书辉）

研究和学习设计色彩同样强调对自然色彩的成因及其变化规律的认识与把握，如对光与色的相关理论、视觉心理、色彩的感情因素等的研究；而且还不能停止于这一层面，必须进入对物象色彩的解析与重组训练，包括色彩意象表达的训练，尤其是强调以主观色彩的表达和运用为目的训练。设计色彩正是探索与研究如何利用色彩组合变化的原理来发掘人的理性思维和创造性思维的课程。

图 0–7
色彩静物
（袁慧）

夸张一点讲，绘画可以随心所欲地进行创作，不需要考虑特定的欣赏对象，强调的是个人感情的抒发。而设计作品则必须具体反映在特定的产品，包括包装、服装，或者特定的环境空间中，它受到来自市场、客户、技术诸多因素的制约。从另一个角度来分析，绘画色彩训练强调写实表现，追求对自然物象的真实表达；而设计色彩并不局限于面对景物的写生，强调应有自由想象和创造的练习，强调创新思维的训练，追求的不是简单的模仿，而是对色彩的有机的组织、配置与调度，使作品的色彩和表现形式更趋形式意味、设计意味。（图 0-7）

作为设计教育的基础课程，设计色彩的学习主要还是通过理论传授与写生训练来实现的。鉴于课程的侧重点与绘画色彩写生训练有着明显区别，因而在课程的具体要求、教学内容的安排及方式方法上也应有所区别。就理论层面而言，两者有许多共同点，但就整体而言，设计色彩更倾向于在感性认识基础上运用理性思维、逆向思维、发散思维来创造新的色彩表达意念、情趣及效果。还应该指出的是，对于设计色彩的基本理论学习还应建立在对自然色彩基本知识（包括基本原理）研究的基础之上。设计色彩来源于自然色彩，它在自然色彩中获得提炼，强调的是超越自然色彩（写生色彩）的表象模仿，从而达到主动认识与创造的境界。同时，作为设计色彩写生训练，不必像绘画色彩写生那样过分注重对客体的写实表现，而放弃多角度、多方位的观察与多元化的表现；应着眼于以开拓学生的色彩创意能力为目标，在色彩表现方式上力求多样化与原创性。（图 0-8、图 0-9）

图 0–8
油画风景
（冉玉）

图 0–9
童年
（冉玉）

对于一个富于想象力和创造力的设计师来说，其所具备的色彩知识绝不仅仅是通过传统意义的色彩训练，即准确表现客观物象的写实训练就可以获得的。对培养艺术设计的人才而言，首要的任务是使他们具有以提高人们的生活素质为前提的创新能力，而不是对客观事物的图解或再现能力，也不是通过对现存事物的描绘去作意识形态反映的本领。从这个意义上来讲，绘画色彩与设计色彩分属两个不同的体系，在设计色彩的教学过程中，采取明显区别于绘画色彩学习的理念与方法，则是理所当然的事了。（图 0-10）

设计色彩的学习也必须遵循循序渐进的原则。学习设计色彩首先应建立在对自然色彩的成因及其变化规律的认识与把握的基础上，如光与色的相关理论、视觉心理理论、色彩的情感理论等，同时也基于对色彩变化的直观表现和色彩功能的理性分析之上，进而有针对性地、主动地进行物象的色彩解析与重组训练，直至进入第三阶段——设计色彩的意象表达训练，以期获得能自由驾驭色彩，能自如地运用色彩于设计实践的能力。说得更具体一点，设计色彩的学习可以划分为直觉感悟阶段、主观表达阶段和创意表现阶段。直觉感悟阶段要求用概括的手法来表达物象，抛弃一切琐碎细节，着力于画面的整体安排和设计，这种训练往往在最初阶段能收到较好的效果。主观表达阶段着重对复杂的物象进行取舍、重组乃至构成与物象完全不同的画面效果与意念，着重培养我们的创新思维及掌握与之相适应的表现方法。创意表现阶段要求我们进一步在色彩写生中融入设计意识，融入主观想象的因素，强调创造性才能的挖掘与发挥。尤其是画面的构成处理上可以更为大胆，在表现技法与工具材料的运用上可以更为自由。提前让大家接触或者实验不同的表现手法、表现媒材及表现效果，对于我们今后的成长是有百利而无一害的。

图 0–10
色彩归纳人物
（解佩佩）

在这个大前提下，培养主动选择色彩语言来表达自身的审美情感，以及赋予个性的设计思维，从而培养和提高色彩素养与设计色彩的原创性是进行设计色彩写生训练的根本目的。

第三节
设计色彩的功能与任务

一、色彩的形成

我们生活在一个色彩缤纷、五光十色的世界里。绮丽的自然风光、葱郁的花草树木、亮丽的鸟兽羽毛，呈现出千变万化的色彩现象。随着时代的发展、科学的进步，人们的视野不断开阔，认知能力不断拓展，对色彩的认识已从牛顿的色彩光谱分析扩展到浩瀚的宇宙和量子微观世界。

我们可以从已经发现的猿人的生活遗址出土的石器、陶器和岩石画中窥见他们对色彩的认识。我们的祖先最早用粉碎的矿物粉末和植物的色汁装饰自己，在岩石上彩绘各种猎物作记录，这表明在原始社会时期，朦胧的色彩意识及装饰色彩的审美活动已经产生。

最具代表性的原始美术作品是距今两万多年前的法国西南部的拉斯科洞窟的壁画和西班牙北部的阿尔塔米拉洞窟壁画。绚丽多彩的原始绘画布满了整个洞窟，所描绘的动物形态各异，非常生动。所画的野牛、野猪、野鹿等结构准确，方法熟练，主要的色彩有红、黄、褐、黑等。（图 0-11、图 0-12）

图 0–11
巨大的黑牛
（拉斯科洞窟壁画）

图 0–12
阿尔塔米拉的野牛

图 0–13
彩陶鱼纹盘
（半坡文化）

在距今 18 000 年左右的北京周口店山顶洞人遗址发掘出的各类装饰品达百余件，在这些装饰物上，发现了很多赤铁矿和红色泥岩，这表明我们的祖先已开始打制许多装饰物品来装饰自己，并且开始描绘自己的狩猎生活。说明在这一时期，色彩作为装饰和描绘的重要手段已开始显现。

在西安半坡文化遗址及甘肃马家窑出土的遗物中，发现印有粗布的印迹和描绘各种纹样的图形，给人感觉大方、粗犷、朴素、有力，并且富于节奏变化，使用多种颜色进行配色，在红、黑、白等颜色中调色。表明距今约 5 000 年前的新石器时代的色彩艺术达到了一个相当高的水平。（图 0-13）

秦汉时期，壁画盛行，其表现题材丰富，生活景象尽显其中，色彩变化绚丽多彩。染色工艺也十分发达，采用拼色能染出许多间色来。

长沙马王堆先后出土西汉时期的两幅帛画《人物龙凤帛画》（图 0-14）、《人物御龙帛画》，多用平涂和染色，将色彩的装饰作用与表现力渲染得淋漓尽致。

至唐代，由于经济文化的发展，佛教兴起，到处修建寺庙，壁画盛行，使得装饰壁画达到了鼎盛时期。敦煌莫高窟壁画属唐朝最多，也最具代表性。唐三彩是唐朝的艺术精品，唐三彩是由陶器烧胎后饰以黄、绿、褐、蓝、白等釉彩，经过高温烧制而成的。具有色彩明亮大方、富有变化的特点。（图 0-15）

五代两宋时期，是中国文化艺术发展的又一个高峰时期，工艺美术品种类繁多，文人绘画兴起，商品绘画也开始流行。张择端的《清明上河图》如实、生动地展现了北宋时期清明时节市井繁荣的景象，以朴实的绘画语言表现了当时社会生活的真实状况。《清明上河图》用色淡雅，墨色和勾线较重，具有很高的史料价值。（图 0-16）

宋元时期的绘画，以清淡素雅为色彩艺术表现风格，追求情趣和超凡的品格，是宋元区别唐代色彩华丽富贵的主要特征。陶瓷、织染等工艺的发展也体现了当时的色彩应用水平，其中很具代表性的是青釉瓷器。

明清时期，随着对外文化交流的频繁、西方的观念和科学思想的渗入，人们对色彩艺术的认识有了进一步的加强。

我国民间艺术的种类繁多，生命力强且范围广阔，其特点是色彩鲜明强烈、热情奔放、古拙大方、夸张变形，以淳朴为美。民间色彩艺术深深扎根在人民群众生活的肥沃土壤之中，民族风格和地方特点浓郁。由于所处的自然环境不一样，各民族形成各自特有的风俗习惯，其色彩的艺术性和审美观也不一样，但也有共同的方面。中国的民间艺术主要运用红、绿、黄、紫、蓝、桃红、黑、白、金、银等色。（图 0-17）

图 0–14
人物龙凤帛画

图 0–15
唐三彩

图 0–16
《清明上河图》局部
（北宋张择端）

图 0–17
贵州面具

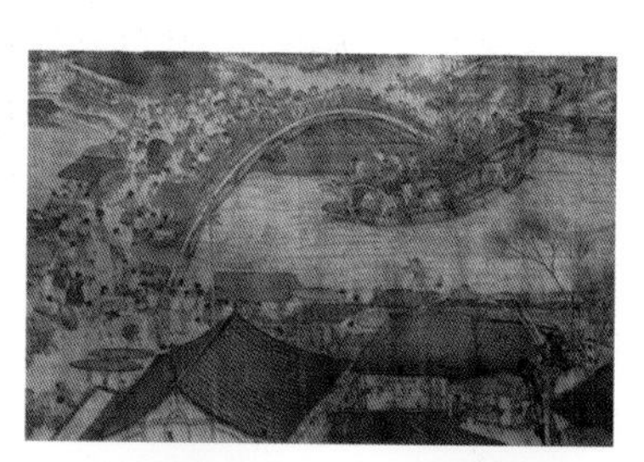

据史料记载，2 500年前中国就创立了五色体系，早于西方千年以上。

中国古代五色体系与现代色彩科学理论是相吻合的，正色也就是原色，五色中的赤、黄、青就是现代色彩体系里的三原色红、黄、蓝。白色与黑色是任何其他颜色无法调和取得的，而红、黄、蓝相混合，理论上可以得到黑色，实际上只能得出浊色，纯正的黑色无法得到。五色体系具有科学性，是我国古代先人对色彩科学的认知及对色彩理论的一大贡献。

二、西方色彩画的形成

古埃及和古希腊的装饰壁画图案既丰富又典雅，从埃及国王、法老的陵墓壁画中，便可领略到其装饰风格的豪华、高贵。

古罗马的色彩艺术浑厚而温和，相比之下更丰富、灿烂。

中世纪的拜占庭艺术带有浓厚的宗教意识，神秘的彩色玻璃是这一时期的代表性作品，其题材多为宗教内容，色调变化丰富，如法国的巴黎圣母院、德国的科隆大教堂、意大利的米兰大教堂等。

意大利的文艺复兴时期（14 世纪下半叶到 16 世纪）产生了一大批诗人、哲学家、画家和雕塑家。达·芬奇、拉斐尔、米开朗基罗、提香等都是当时杰出的代表。这一时期的绘画色彩艺术开始走向自由明朗的风格。（图 0-18、图 0-19）

图 0–18
《蒙娜丽莎》
（达·芬奇）

图 0–19
《沉睡的维纳斯》
（乔尔乔纳）

印象派画家们对大自然的充分研究，被认为是欧洲近代绘画史上的一次革命。1666 年，英国的物理学家牛顿提出，太阳光不是单一的色光，是由七种色光相互混合的复合色光，人们看到的大自然的各种美丽的颜色，是太阳光直射到物体上，一部分光线被物体吸收，另一部分光线被物体反射并刺激人们的眼睛所形成的。牛顿的这一色彩理论成为色彩科学理论的基础。还有其他色彩科学的研究成果，扩大了人们在色彩领域里面的视野，拓宽了人们对视觉色彩的认识，正是在这样一个色彩科学奠定的前提下产生了印象派绘画。

印象派代表画家莫奈，以牛顿的色彩理论为依据，采取在室外阳光下直接用色彩描绘实景的写生方法，不仅广泛地运用不混合的颜色，还在各个部分用短而小的笔触，一点一点地画到画布上，以求再现光的颤动。其作品《草垛》是向传统绘画观念的挑战。（图 0-20）

图 0–20
《草垛》
（莫奈）

后期印象派画家塞尚、凡·高和高更，反对客观地描绘自然，强调绘画作品要表现个性，抒发主观情感，表现出客观事物的内在结构，重视形和构成形的线条及色块，使之富有体积感和装饰效果。凡·高的作品每一笔色彩都倾注了炽热的感情。后期印象派的艺术观念和绘画风格对现代派绘画产生了极大的影响。（图 0-21、图 0-22）

图 0–21
《星月夜》
（凡·高）

图 0–22
《向日葵》
（凡·高）

维也纳分离派是与印象派同时期的画派，以居斯塔夫·克里姆特为代表。分离派绘画追求象征性与装饰性结合，强调装饰与绘画相结合，如在代表作《接吻》中，色彩结合图案、线描和其他装饰因素，更加突出了作品的装饰性和视觉效果。

以马蒂斯为代表的野兽派更强调个人的主观意识，摒弃传统的透视和明暗，色彩单纯，追求原始艺术和儿童画那种单纯和天真的艺术境界。（图 0-23）

毕加索是立体派艺术的创始人，是 20 世纪最具有影响力的画家之一。如果说野兽派是对色彩的解放，那么毕加索创立的立体派则是对形体的解放。他认为绘画应该从多角度多方面去表现对象，不应该是客观世界的奴隶，绘画应该是色彩、线条和形状在画面上的抽象设计和表现。（图 0-24）

图 0–23
《红色餐桌》
（马蒂斯）

图 0–24
《梦》
（毕加索）

以克利、达利、米罗为代表的超现实主义画派，主张绘画是画者无意识的发现，追求梦中情景的表现，强调机遇与偶然的结合。手法不拘写实、象征和抽象。米罗是“把儿童艺术和民间艺术糅为一体的大师”。在克利的作品中，点、线、面和空间等绘画因素按照他的知识和逻辑法则组成了非现实世界，追求某种神秘感，表现出一种奇异的情调。（图 0-25）

抽象主义有两种：一是从自然物象出发，对具体形象抽取出富于表现特征的因素，形成极其简单、概括的形象；二是几何构成的抽象，反映了艺术表现由外部世界向人的内心世界，从描绘外在事物到表现人的内在精神的一般趋势。代表画家有两位：蒙德里安和康定斯基。蒙德里安受毕加索的影响较深，他所追求的新风格是“构成主义”，倡导几何抽象的绘画表现。康定斯基主张绘画应该像音乐一样，不描绘具体的东西，而是通过色彩、线条和块面来表达各种情绪和思想，以唤起人们感情的联想。（图 0-26）

图 0–25
米罗
（西班牙）

图 0–26
《青骑士》
（康定斯基）

三、中西方色彩画的特点

以欧洲为主体的西方绘画，色彩浓艳、丰富且厚重。中国的传统绘画分两类：一类是以墨为主色，适量设色的水墨体系；一类是以色彩表现的绢画、壁画等，是以色为主，勾描墨线的重彩体系。墨是中国传统的书画表现形式，有着独特的对形体、质感、空间感、意境和明暗及色泽的表现优势。而传统的颜料，加上笔、墨、绢、砚等，形成了中国传统绘画的独特风格。（图 0-27、图 0-28）

图 0–27
《捣练图》（局部）
（张萱）（唐）

图 0–28
国画山水
（宋代）

四、色彩的功能

外部环境的作用和影响，通过视觉器官形成信息传递到大脑，使人们产生感觉和对事物的认识，从而形成视觉。客观世界的一切景象和视觉形象，包括物体的大小形状、空间位置的变化，都是通过明暗和色彩的关系体现出来的。所以，色彩在人们的生活环境、社会工作和生产中有着十分重要且不可替代的作用。

大自然中万物都离不开色彩，人们的视觉功能对色彩有着独特的敏感性，可以感受大自然这个色彩世界的美丽，色彩的感觉是一般美感中最大众化的形式。马克思在对色彩美的精辟论述中，肯定了色彩在艺术美中的地位，揭示了色彩在艺术活动中重要的美学价值。观察生活环境里的景物时，最先感知到的是色彩带给我们的感受，其次是景物的形态。色彩不仅能引起人们的心理感觉的变化，也能使人们产生各种不同的情感变化和想象。不同的色彩配置可以形成热烈兴奋、欢庆喜悦、华丽富贵、文静典雅、朴素大方等不同的情调。色彩搭配的形成结构与人们心理的形成结构相对应时，人们将感受到色彩和谐的愉悦。（图 0-29、图 0-30）

现代社会科技的高速发展，不断地改变着我们的生活和观念。生活质量的提高、物质财富的积累和精神产品的丰富，促使人们对美的追求趋于高品位和高质量。人们既进一步追求色彩应用的装饰美，也更加注重色彩应用的科学化，色彩艺术日益成为人们物质生活和精神生活的重要组成部分，色彩科学也渗透到社会生产和生活环境的各个方面。

色彩艺术的兴起和发展也是当今时代发展的一个重要特征。色彩艺术已不再是画家的专利品，它走进了我们的生活空间，并且在科学、技术等许多领域里被广泛利用。在当今这个科学与艺术高度结合的时代，色彩艺术将会发挥越来越重要的作用。（图 0-31、图 0-32）

图 0–29
招贴画

图 0–30
高彩度配色

图 0–31
装饰画
（雷保杰）

图 0–32
鱼　装饰画

第一章

设计色彩的基础理论

第一节

光与色的关系

一、光与色

我们生活在一个多彩的世界中，但如果没有光就看不到这些色彩，光是人们感知色彩的必要条件，色彩来源于光。光与色是不可分割的。

(一)光

牛顿最早研究光与色的关系，他发现光通过三棱镜后，能显示出红、橙、黄、绿、青、蓝、紫七种色光，这种现象称为光的分解。光的分解现象说明太阳光是由七种色光构成的。光从空气透过玻璃再到空气，在不同的介质中出现两次折射，由于折射率大小不同和三棱镜各部位的厚薄不同引起的透过时差，将本来的白色光分解成红、橙、黄、绿、青、蓝、紫七种色光。

1. 光源

宇宙间凡是能自行发光的物体都是光源。对地球来说太阳是最大的光源。光源分为自然光源与人造光源。

不同光源(例如荧光灯与太阳光)中的光谱能量分布不同。荧光灯中缺少某些波长的单色光成分，所以，在荧光灯下与在太阳光下显示的颜色是不同的，这就是光源的显色性变化。颜色显示准确能力的强弱叫做光源的显色性。

颜色根据照射光源的性质不同而发生变化。为了调色的准确，规定了标准光源，以在调制颜色和染料时使用。太阳光、白炽灯为标准光源，也就是说，同一种颜色在太阳光下显示得最准确。

2. 光源色

由不同光源发出的光，其光谱的长、短、强、弱，以及比例性质不同，由此形成的不同的色光称为光源色。

只含有一种波长的光就是单色光，含有两种或两种以上波长的光就是复色光，含有所有波长的光就是全色光。

(二)色

1. 物体色

本身不发光的色彩称为物体色。在相同光线下物体为什么会呈现出不同的颜色呢？

物体本身是不发光的，物体色是光源色经物体的吸收、反射，反映到视觉中的光色感觉。物体呈现出的不同色彩，是物体对光线选择性地吸收或反射的结果。所说的选择性吸收或反射，就是说把与本体不相同的色光吸收，把与本体相同的色光反射出去(平行反射或扩散反射)。反射出来的色光刺激我们的眼睛，通过视神经传递到大脑，这就是色彩产生的过程，我们所感觉到的色彩就是该物体的物体色。而被吸收的色光变成了物体的热能。

2. 环境色

环境色是指物体所处环境的色彩。物体固有色受环境色的影响会发生一定的色差。

二、色彩的三要素

色彩的三要素包括色彩的明度、纯度和色相。

（一）明度

明度是全部色彩都具有的属性，任何色彩都可以还原为明度关系来思考。明度最适宜于表现物体的立体感与空间感。

色彩的明度变化有两种情况：一是不同的色相间存在不同的明度变化，二是同一种颜色的明度变化。

白颜料的反射率相当高，任何颜色加白都是可以提高混合色的反射率，也就是说提高了混合色的明度；加黑反之。黑、白之间可形成200个台阶（明度序列）。有彩色的明度是根据无彩色的明度等级标准而定的。任何一种有彩色加白、加黑都是可以构成该色以明度为主的序列。（图1-1）

（二）色相

色相指的是色彩的相貌。在可见光谱上，人的视觉能感受到红、橙、黄、绿、青、蓝、紫这些不同特征的色彩，人们给这些可以相互区别的色定出名称，当人们看到其中某一色的名称时，就会有一个特定的色彩印象，这就是色相的概念。色相是色彩的基本特征，如红、黄、蓝等不同颜色都有不同的色彩倾向性，树木倾向于草绿，天和海倾向于蓝色等。正是由于色彩具有这种具体相貌的特征，人们才能感受到一个五彩缤纷的世界。（图1-2）

（三）纯度

纯度是指色彩本身的饱和度，即其鲜艳的程度，也可以说是一个颜色含有灰色量多少的程度。它取决于一处颜色的波长单一程度。人们的视觉能辨认出的有色相感的色，都具有一定程度的鲜艳度。比如绿色，当它混入了白色时，虽然仍旧具有绿色相的特征，但它的鲜艳度降低了，明度提高了，成为淡绿色；当它混入黑色时，它的鲜艳度降低了，明度变暗了，成为暗绿色；当它混入与绿色明度相似的中性灰时，它的明度没有改变，纯度降低了，成为灰绿色。（图1-3）

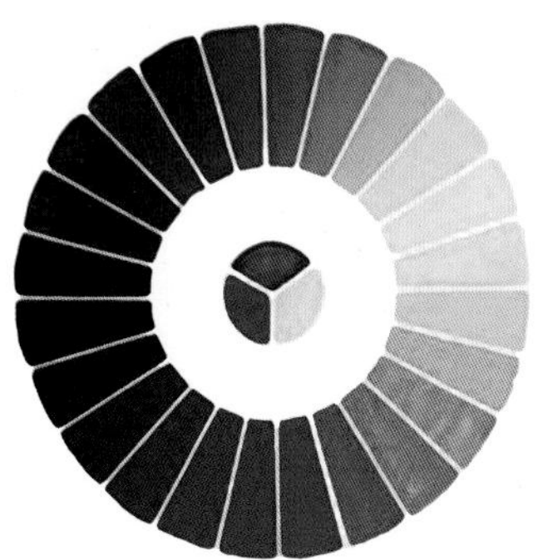

图1–1
明度（左上）

图1–2
纯度（左下）

图1–3
色相（右）

三、颜色的混合

丰富多彩的颜色是通过不同色彩的相互混合而获得的。根据混合的性质不同，色彩的混合分为正混合、负混合和中性混合。

（一）正混合、负混合

1. 三原色

所谓三原色，就是说这三色中的任何一色，都不能用另外两种原色混合产生，而其他色则可由这三色按一定的比例混合而成，这三个独立的色称为三原色（或三基色）。

1802年生理学家汤麦斯·杨提出新的三原色理论。色光与颜料的三原色是有区别的，色光的三原色为红、绿、蓝（蓝紫色），颜料的三原色为红（品红）、黄（柠檬黄）、青（湖蓝）。

2. 正混合与负混合

色光混合得越多，明度越高，其明度是参加混合色光明度之和，称为正混合（见图1-4）。色素的混合，是明度降低的减光现象，所以称为负混合或减法混合（见图1-5）。

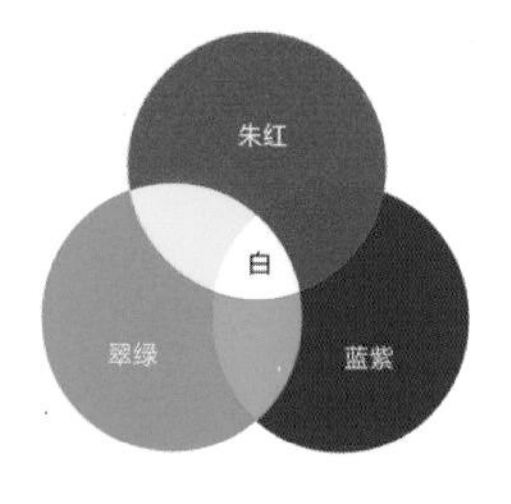

图 1–4
正混合

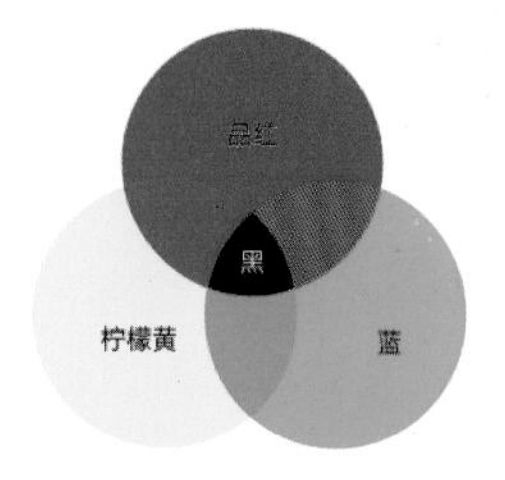

图 1–5
负混合

(二)中性混合

中性混合包括回旋板混合(平均混合)与空间混合(并置混合)。

1. 回旋板混合

将两种或两种以上的颜色涂在圆盘上,快速地旋转,混合出来的色彩其明度基本为参加混合色彩明度的平均值,这种混合称为回旋板混合。

2. 空间混合

由于空间距离和视觉生理的限制,眼睛辨别不出过大、过小或过远物象的细节,而把各种不同色块感受成一个新的色彩,这种现象称为空间混合或并置混合。

(1)表现方法　把不同的色彩以点、网、小块面等形状交错画在纸上,离开一段距离就能看到空间混合出来的新色。

(2)混合特点　近看色彩丰富远看色调统一,不同的距离观看有不同的色彩效果,色彩有运动感适合于表现光感,可通过少量配色表现丰富的色彩关系。

(3)混色规律　混合后的新色是两色的中间色,明度是混合色的中间明度;混合的色点越小效果越明显;补色按一定比例混合可得到无彩色系的灰和有彩色系的灰。

19 世纪的法国印象派画家,就是在这一理论的启发下,将其原理运用在绘画中的。他们通过观察大自然的光色变化,用小的纯色点并置于画面表现光与色,从而开拓了新的色彩表现技法。虽然与色彩的混合法一样都能产生新的色彩,但二者的感受方式和生理反应有很大差别。前者是先混合后产生生理反应,后者是通过视觉进行混合,产生不同的色彩感觉。(图 1-6 至图 1-9)

学习色彩空间原理,对于今后归纳色彩、分析色彩都十分有益处。因为设计不能像绘画那样无限制地运用色彩,这就需要我们具有较强的色彩归纳能力,用尽可能少的色彩表达出丰富的感情,这也是设计师要具备的基本功。

设计色彩要想赏心悦目,需要合理的色彩搭配,色彩的配置离不开色彩的对比与调和。色彩的对比与调和既相互对立又相互依存,是一对相辅相成的矛盾体。在配置色彩时若没有对比,色彩就单调缺乏变化;色彩间若没有调和关系,色彩则凌乱,色调就不统一。在具体的色彩配制中,或以对比为主,在对比中求调和;或以调和为主,在统一中求变化。

图 1–6
《星空》
(凡·高)

图 1–7
《睡莲》
(莫奈)

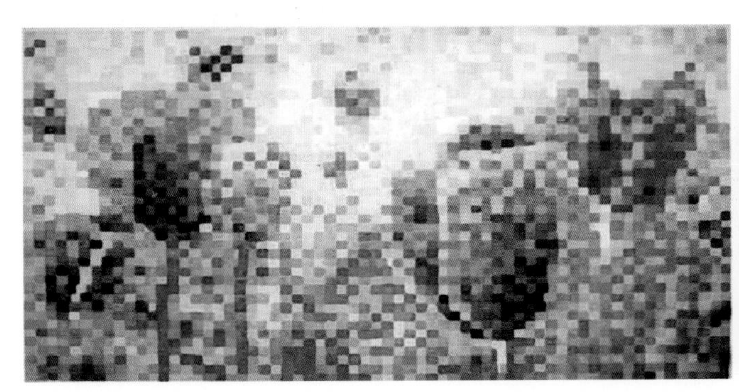

图 1-8
空间混合

图 1-9
《日出·印象》
(莫奈)

第二节
设计色彩中的对比研究

色彩对比能使画面色彩生动，充满激情，有着很强的视觉吸引力。这是绘画中获得美的色彩效果的一条重要原则。在色彩关系上，有色相、明度、纯度、冷暖、面积等对比形式。对比意味着色彩的差别，差别越大，对比越强，差别越小，对比越弱；根据差别大小可将色彩对比分为强对比、中对比和弱对比。

一、色相对比

色环上的各色，可以根据色彩距离大小分为同类色、类似色、邻近色、对比色和互补色。

在色环中成 180° 角左右的两色间的对比称为互补色对比，也是色相最强的对比(典型的三组互补色为：红与绿、蓝与橙、黄与紫)；色环中成 120° 角左右的两色间的对比称为对比色对比(如大红与钴蓝、中黄与湖蓝等)，这些色的差别强度仅次于互补色，属于色相的中对比；色彩中还有同类色对比(色环中角度小于 15° 的两色间的对比)、类似色对比(色环角度为 30° 左右的两色间的对比)和邻近色对比(色环中 60° 左右且小于 90° 的两色间的对比，如玫红与红紫、黄与黄绿的对比等)，它们包含的类似色素占优势，色相、色性、明度十分近似，对比因素不明显，属色相弱对比，具有较强的色彩调和关系。如果在它们之中逐步加入等量的黑色，降低其明度和纯度，这时的红与绿、黄与紫、橙与蓝形成的强对比就减弱，加入量越大，越趋于调和状态，如加入等量的白色，色相间的明度提高但对比减弱。(图 1-10 、图 1-11)

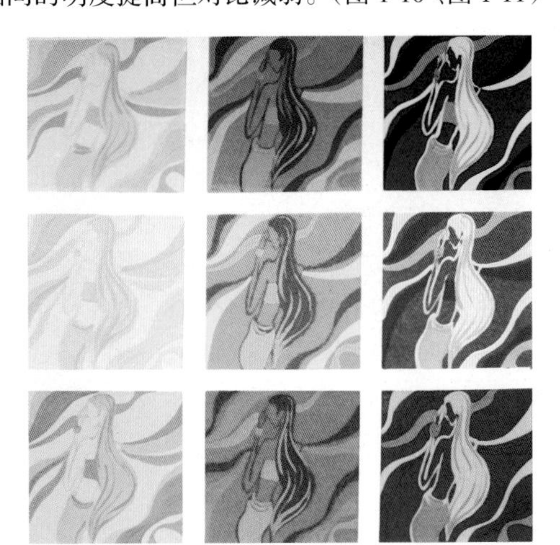

图 1-10
色彩的对比

图 1-11
色彩的调和

(一)色相对比强弱与对比性质

色相对比的强弱程度与对比的性质，可以改变画面的色彩效果。如互补色对比能使色彩效果鲜明、强烈，在视觉上的知觉度也最强，具有较强的吸引力。中国的民间年画、建筑彩画，都是采用这类对比方法取得醒目、强烈的装饰艺术效果的。在西方现代绘画中，后期印象主义、象征主义、野兽主义、抽象主义的作品更是依靠色相对比的支持来实现的。19 世纪后期印象主义画家中，塞尚的画常用蓝绿与红赭色形成对比，与有动感的笔触相配合形成画面的旋律感来表达他的激情。高更的鲜明辉煌的感人色彩，是由高纯度的红、橙黄与蓝绿等对比色关系而获得的，加上粗犷的笔法和线条的运用，使作品具有东方风味的装饰美特点。以马蒂斯为代表的野兽派绘画，运用多组单纯的高纯度对比色交错、并列、对照、呼应、均衡等方法，竭力显示色彩的魅力和装饰性效果，提出色彩是绘画的基础的观点，摒弃了注意表现形体的三度空间的旧思想。这在色彩画技巧与风格的发展中，开辟了以强对比色作为主要艺术语言，来显示其艺术个性与风格的新领域。在现代设计中色相的不同对比能形成不同的对比关系。（图 1-12 至图 1-15）

图 1–12
《小憩》
（凡·高）

图 1–13
头悬光轮的自画像
（高更）

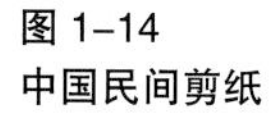

图 1–14
中国民间剪纸

图 1–15
马蒂斯作品

（二）从色相来看色彩图与底的对比

离观察者较近的颜色我们可以认为是“图”，离观察者较远的颜色我们会认为是“底”，从色相来看色彩有前进感与后退感。红色、橘黄色、黄色等光波长的色给人以前进的感觉；蓝色、绿色等光波短的色给人以后退的感觉。我们往往将那些带有前进感和重感的色彩看成“图”；将那些带有后退感和轻感的色彩看成“底”。当然有时并不能简单地把两块颜色区分为图与底。色彩图与底的关系并不是绝对的，我们分析它们是为了在设计中更好地运用和发挥。（图 1-16 至图 1-18）

图 1–16
马蒂斯作品

图 1–17
凡·高作品

图 1–18
学生作品

二、明度对比

明度对比即色彩的深浅对比，色彩的深浅关系就是素描关系。从颜料管中挤出来的每一种颜色，都已具有自己的明度，因为明度差别而形成的色彩对比称为明度对比。同一色相及不同色相之间都存在明度差别，同时会因差别的大小构成强、中、弱对比。从深到浅来排列，依次为黑、普蓝、紫罗兰、墨绿、熟褐、翠绿、深红、大红、赭石、草绿、钴蓝、朱红、橘黄、土黄、中黄、柠檬黄、白。在有彩色中如果每个颜料调入黑或白，都会产生同一色性质的明度差别；如调入其他有彩色，就会产生不同色个性的明度差别。

辨别单色明度及其明度对比比较容易，但要正确辨别包含纯度、冷暖等因素的明度对比，则并不容易。所以在色彩写生中，需要经过一些专门的训练，如不同个性的色彩明度推移、连接及明度基调训练等。根据色彩的明度变化，我们将一种颜色通过加入不同量的黑或白组成 9 个明度台阶，构成该色的明度色阶，明度 1～3 阶的称为高明度色，明度 7～9 阶的称为低明度色，明度 4～6 阶的称为中明度色。（图 1-19 、图 1-20）

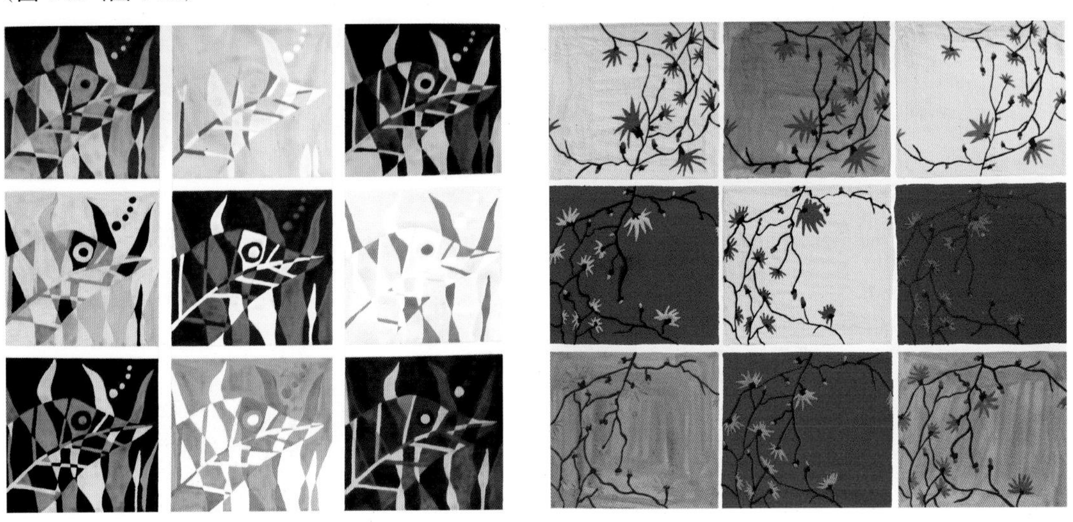

图 1-19
明度对比（一）

图 1-20
明度对比（二）

明度差别在 3 度以内的对比为明度弱对比，明度差别在 4~6 度的对比为明度中对比，明度差别在 7 度以上的对比为明度强对比。

1. 不同的明度对比及其效果

在绘画中，不同的明度等级在画面所占面积的比例不同，可以产生不同类别的色调，即亮调、暗调、中间调。不同明度对比与感情表达，也有一定的关系。高明度与低明度色形成的强对比，形象的清晰度高，其效果强烈、刺激；中明度色之间形成的弱对比，没有强烈反差，色调比较柔和，可反映平静、优雅的情调；还有些色调对比模糊不清、朦胧含蓄，使人产生神秘感等。即使在素描作品中，不同的明暗对比，也同样能产生各种不同的感情效果。在西方绘画上很多作品就是依靠明度变化来实现的。如大多数古典主义的油画作品，以及现实主义、浪漫主义作品，它们都借助于光影明暗来反映美的实体，注重描绘物象的造型和空间感，而不像野兽派的一些现代艺术那样借助色相表达和强化装饰形式。（图 1-21 至图 1-23）

2. 从色彩的明度来看色彩图与底的对比

我们往往把深的颜色看做“图”，把浅的颜色看做“底”，明度对比可使“图”的轮廓易于辨认。据日本大智浩分析，色彩明度对比的力度比纯度对比大三倍。明度对比越强烈，正负色彩关系越明确，明度对比最强烈的要数黑和白了。我们把黑色看做“图”，白色看做负色，但白色也是颜色。它占有

图 1-21
高更作品

图 1-22
达利作品

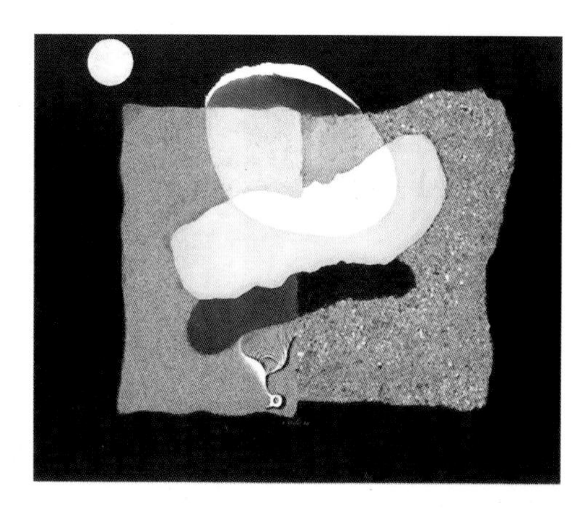

图 1-23
塞尚作品

一定的物理空间，也占有一定的心理空间。比如太极图，就是黑中有白，白中有黑的，所以我们运用和掌握色彩时不能孤立地看一块颜色。（图 1-24 、图 1-25）

图 1-24
宁波美术馆标

图 1-25
太极图

三、纯度对比

纯度对比，是指色彩的鲜艳与混浊的对比。一种颜色通过加不同量的灰组成 9 个纯度台阶，构成该色的纯度色阶，纯度 1～3 阶的称为高纯度色，纯度 7～9 阶的称为低纯度色，纯度 4～6 阶的称为中纯度色。

纯度差别在 3 度以内的对比为纯度弱对比，纯度差别在 4～6 度的对比为纯度中对比，纯度差别在 7 度以上的对比为纯度强对比。

1. 不同纯度对比及其效果

如果两种颜色因纯度差别大，并置时鲜艳的更鲜艳、浑浊的更浑浊。如果将纯度相同、色面积也差不多的红绿一对互补色并列在一起，不但不能加强其色彩效果，反而会互相减弱。如果将绿色调入灰色来减弱纯度，红色才会在灰绿的衬托对比中更加鲜明。我们都有这样的体验：在雨天街头观察路人使用的五颜六色的雨披和雨伞，在周围环境沉暗的冷灰色调对比衬托下色彩显得异常鲜艳、美丽。

在纯度对比中，高纯度的色彩能给人向前突出的感觉，低纯度的色彩则相反。例如观察处在近、中、远不同距离的三面红旗，近处的红旗是鲜明的，远景中的红旗纯度低，呈灰色，中景位置的红旗介于两者之间，呈含灰的紫色。这是色彩因空间关系的变化反映出色彩纯度变化而产生空间距离感。一个画面中，以纯度的弱对比为主的色调是优雅的、宁静的，而初学者在学习运用纯度的弱对比时，常常会由于配色不当出现画面粉、灰、脏、闷、单调等问题；相反，纯度的强对比，则具有积极、活跃的感情效果。

一种色彩可以通过四种方法降低纯度：①加白——纯色混合白色，可以降低纯度，提高明度，同时色性偏冷；②加黑——纯色混合黑色，可以降低纯度，又降低明度，颜色也变得沉着、幽暗；③加灰——纯色混合灰色，纯度逐步降低，色彩变得浑浊，具有柔和、软弱的特点；④加互补色——任何纯色都可以用相应的互补色相互调合，纯色混合互补色，实际上相当于混合无色系的灰，因为一定比例的互补色混

合也会产生灰。(图 1-26 至图 1-29)

2. 从色彩的纯度来看色彩图与底的对比

人们的眼睛看色彩时,往往先被鲜艳的色彩吸引,即将纯度高的色彩看做图,将纯度低的色彩看做底。我们通过纯度对比来看色彩的图与底关系并不像明度对比那样容易分辨。很弱的纯度对比不易于分辨,它们的图与底的关系也就不能仅以纯度关系来分辨。(图 1-30)

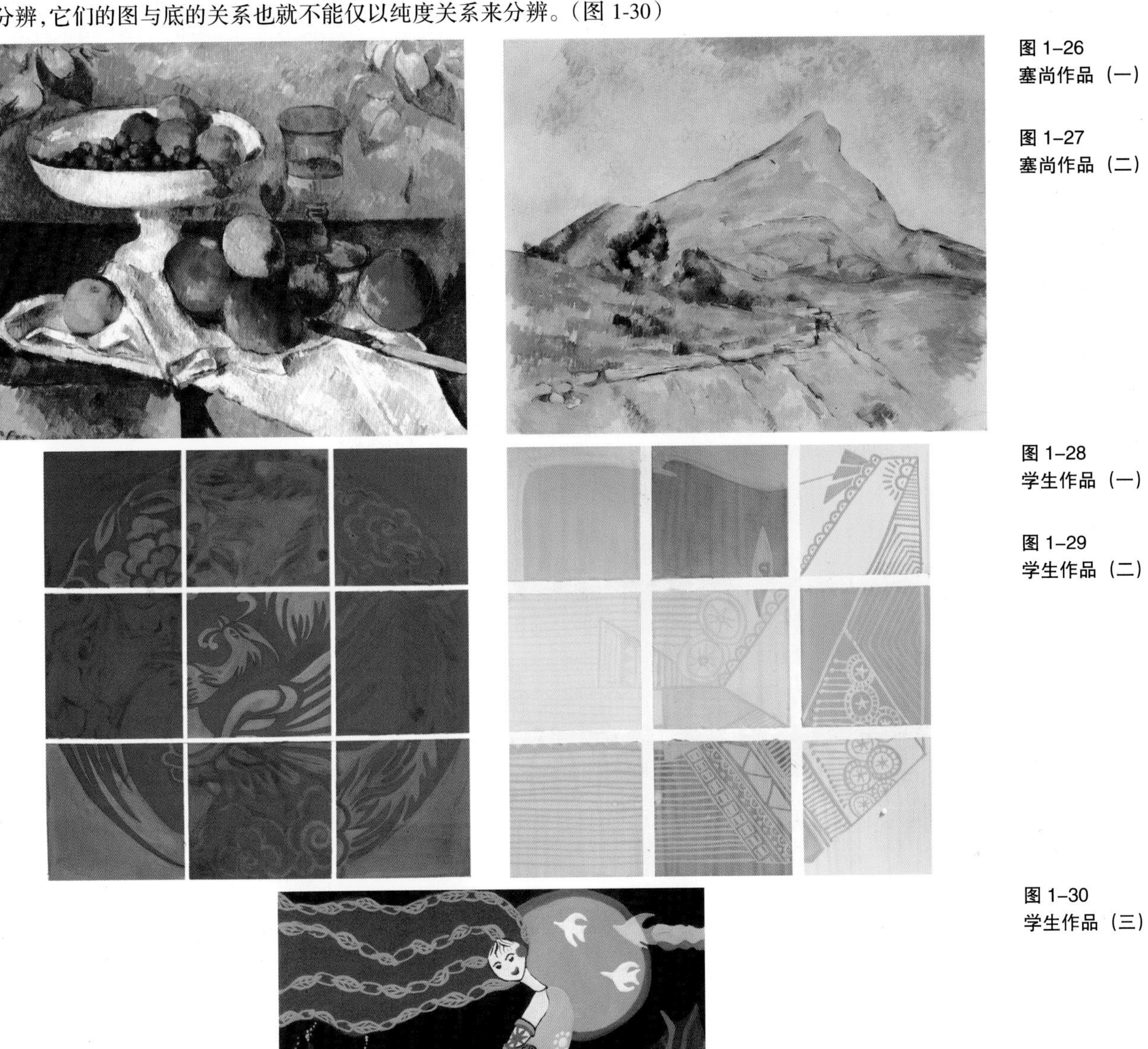

图 1-26
塞尚作品(一)

图 1-27
塞尚作品(二)

图 1-28
学生作品(一)

图 1-29
学生作品(二)

图 1-30
学生作品(三)

四、冷暖对比

冷暖感觉本来是人们的触觉对外界温度的反应。色彩的冷暖指人们根据生活中的积累产生视觉、触觉及心理活动之间,对色彩产生的一种心理上的冷暖感觉经验。

在色相环上橙为暖极，是最暖色；红、黄是暖色；红紫、黄绿为中性微暖色；紫、绿是中性微冷色；蓝紫、蓝绿是冷色；蓝为冷极，是最冷色。(图 1-31)

图 1–31
冷暖对比

根据冷暖差别大小形成的对比称为色冷暖对比。

最冷色与最暖色的对比形成冷暖最强对比；冷极与暖色、暖极与冷色的对比形成冷暖强对比；暖极、暖与中性微冷色，冷极、冷与中性微暖色的对比形成冷暖中等对比；冷极与暖极、冷色与冷极的对比，以及暖与中性微暖、冷与中性微冷、中性微暖与中性微冷的对比形成冷暖弱对比。

人们在看色彩时，常将暖的色彩看做图，将冷的色彩看做底。

五、面积对比

面积对比是指因各色所占画面积多少不同构成的色彩对比。

色相、明度、纯度、冷暖所占面积大小不同，可构成各种色相基调：高、中、低明度基调；鲜调、中纯度基调、灰调、冷暖色调。

人们对色彩感觉与面积关系很大，大面积的红色给人感觉刺目，万绿丛中一点红的配制给人鲜明、醒目、协调的美感。(图 1-32)

大面积的色彩对比多选用明度高、纯度高、色差小、对比弱的配色；中等面积的色彩对比多选用中明度、中纯度、中等程度的对比；面积小的色彩对比多选用纯度高、对比强的色彩。(图 1-33)

人们在看色彩时，易将面积小的色彩看做图，面积大的色彩看做底。

图 1–32
面积对比（一）

图 1–33
面积对比（二）

六、综合对比

综合对比是指因明度、色相、纯度等两种以上性质的差别而形成的色彩对比。因为各色的明度、色相、纯度的不同，不可避免地存在各种对比因素。在实际的应用中不大可能只有单项的对比因素，大多情况下是综合性的对比。设计时应以辩证的方法，全面地、综合地考虑各种对比因素，做到有主有次、层次分明、目的明确。设计的配色一般色数不多，但要求较多，只有依靠综合对比才能满足要求。例如在一些配色上常用玫红与粉绿、粉红与中绿、深蓝与淡黄、朱红与黑等对比色相。这样的用色放弃最强的单项对比，却保留了一定的对比强度，同时使得色感丰富、鲜艳和明快。这就是综合对比的好处。

七、色错视对比

视觉现象并非全是客观存在的，当大脑皮层对外界刺激物的分析发生错误时会造成错觉，当视觉残像前的知觉与过去的经验相矛盾，或者发生思维推理的错误等就会引起幻觉。同一种颜色由于所处色彩环境不同，其表现效果也是不一样的。原因之一是人眼视网膜感觉颜色时的补正结果。当刺激作用停止后，感觉并不立刻消失，由于神经兴奋后所留下的痕迹作用会发生残像。一直盯着红色看，突然再看白色的东西时，就会看到绿色，这是为了补正红色，将其反色(绿色)的信号电流汇集在视网膜上的缘故。

眼睛受到不同色彩刺激时，人的色彩感受相互排斥，使色彩改变原来的性质，颜色有了前进和后退的感觉。同时通过色彩和形态之间的错置关系造成错觉，致使色彩能够表现远和近。

色彩错觉是受到颜色对比的影响而产生的。例如，我们可以通过补色关系的调整，使一块红色面积大一点，绿色面积小一点作为点缀，来满足视觉生理，补色错视关系又可以使得所设计的色彩具有一种活泼和明亮的感受。当然，错视并不都是坏事，关键在于如何控制并运用它，并保持平衡。对错视的应用也是探索设计新视点的不可多得的方法。

错视有如下规律：亮色与暗色相邻，亮色会更亮，暗色会更暗；灰色与纯色相邻，灰色更灰，纯色更纯；冷色与暖色相邻，冷色更冷，暖色更暖；不同色相相邻都会倾向对方的补色；补色相邻时各色的纯度增加。

第三节 设计色彩中的调和研究

色彩对比使画面有活跃感，有竞争力；但只有对比没有和谐的作品是不稳定、不调和的。这时，画面可以通过色彩调和来加强稳定感、调和感。

一、色彩调和

色彩调和，就是指两种或两种以上的色彩有秩序、和谐地组织在一起，能使人心情愉快、欢喜，产生满足感的色彩搭配。色彩的对比是绝对的，调和与对比是相对的；对比是目的，调和是手段，是取得色彩美的基础和前提。获得调和的基本方法，主要是减弱色彩诸要素的对比度，使色彩关系趋向近似而产生调和效果。画面色彩调和有以下几种主要的形式。

(一)色彩的秩序调和

世界上一切复杂的事物都是建立了一定的秩序,才能取得统一的协调。秩序也是色彩美构成的最基本、最重要的形式。所谓色彩的秩序调和,就是指画面上的各种色彩组织在一起,形成渐变的或有节奏和韵律的色彩效果,使原来对比过分强烈刺激的色彩关系变得柔和,使原本杂乱的色彩安排变得有条理、有秩序与和谐统一,从而产生具有一定秩序的美。这种方法最典型的表现形式就是渐变。秩序调和包括明度秩序调和、色相秩序调和、纯度秩序调和。如安格尔的《泉》,给观者的第一印象是它的素描关系,而非色彩关系,其色彩因素是依附在明度渐变秩序中,色彩效果因此变得调和。(图 1-34 至图 1-37)

(二)主色调调和

所谓色调,是指两种或两种以上的颜色配合在一起的关系,画面色彩形成的气氛和总的色彩倾向。一般在画面上占面积大的颜色为主色调,主色调起统调色彩的作用。在多色构成中,掌握各色的倾向,并围绕主色调调整色彩,可以使杂乱无章、眼花缭乱的色彩效果变得和谐,这是色彩取得调和的一种十分有效的方法。主色调具体地讲有亮调子、暗调子、蓝调子、红调子、绿调子、灰调子等。而构成色彩主调的方法就是让各种色彩唱一个"调子",画面上的各色混入了一种色素,相互间削弱个性、增强共性,由此具有内在的联系,整幅画面也具有调和感。(图 1-38、图 1-39)

图 1–34
纯度秩序调和

图 1–35
明度秩序调和

图 1–36
色相秩序调和(一)

图 1–37
色相秩序调和(二)

图 1–38
主色调调和（一）

图 1–39
主色调调和（二）

（三）比例调和

色彩比例是指色彩组合中局部与局部、局部与整体之间长度与面积的比例关系。它随着形态的变化、位置空间的变换而改变。各种色块所占据的面积比例对于色彩的整体风格和美感起着决定性作用。如在色彩构图中，有一组对比色过分醒目，则可以通过缩小其面积达到色彩的调和。而当画面色彩是采用多组对比色构成，则应以一组为主，通过协调色彩的主从关系达到色彩的调和。对比两色如果面积、比例相当，对比就越强，越难以调和；面积有大有小时，比例得当则容易调和；面积比例相差越悬殊，画面色彩效果越趋于调和。（图 1-40）

图 1–40
比例调和

（四）隔离调和

在色彩对比中，对比色相和互补色相并置在一起时，属于强烈对比关系，是很难取得调和的。为了协调和缓冲这种色彩关系，可采用间隔的方法，即使用无彩色(黑、白、灰)或光泽色(金、银)来间隔各块色彩，或将其作底色，或用作勾勒外形轮廓，缓解双方的色彩冲突，从而达到调和的目的。黑、白、灰和金、银色在对比色调和构成中，具有十分重要的美学价值，无彩色系和光泽色系的运用既可充分发挥对比色鲜明突出，富有表现力的性格，同时又可以使画面具有和谐之美。

（五）相互混合调和

在一幅画面中出现对比色或者互补色，由于各色个性突出而难以协调，如果将对比色或互补色按比例混合，混合出一个或若干个中间色置于两色之间，形成渐变过渡，就使得对比色和互补色的组合达到调和。如红、绿互补色构成的画面中，按照一定的比例混合出若干不同纯度的红灰、绿灰系列，那么，红灰和绿灰在红、绿互补色块间就起到协调的作用。如果按照一定秩序进行渐变构成，红色和绿色的强烈对比也就进一步趋向调和。这种调和手法应以其中一色相为主，避免对比色或互补色的等量混合，这样画面色彩显得既含蓄又分明。

（六）降低纯度调和

降低画面中各种色彩或大部分色彩的纯度，便使画面上的各色彩变得灰雅，削弱了各色的个性，各色之间的竞争力也随之降低，色彩效果达成协调。色彩的纯度越低，整体效果就越容易调和。

（七）缩小明度调和

将画面中各种色彩的明度拉近，缩小各种色块之间的明度差别，可使色彩效果增加和谐程度。对比与调和是互为依存、矛盾统一的两个方面，都是获得色彩美感和表达主题思想与感情的重要手段。由于表现的主题不同，画面色调可以以对比因素为主，也可以以调和因素为主。积极的、愉快的、刺激的、振奋的、活泼的、辉煌的、丰富的等情调，要以对比为主的色调来表现；而用调和为主的色调宜表现舒畅、静寂、含蓄、柔美、朴素、软弱、幽雅、沉默等情调。（图 1-41、图 1-42）

图 1-41
缩小明度调和（一）

图 1-42
缩小明度调和（二）

第四节
设计色彩的表情、视觉与知觉

我们生活在客观物质世界里，色彩本身是一种物质，没有灵魂，可人们常常感受到色彩对自己的影响，感受到色彩的情感，这是因为人们长期生活在一个色彩的世界中积累着许多各种色彩的视觉经验，当视觉经验与外来色彩刺激发生一定的呼应时，就会在人的心理上引出某种情绪感应。色彩心理感觉每个人都有差异，由于每个人的生活环境、传统习惯、宗教信仰等不同，色彩作用于不同的人，就会呈现不同反映。但由于人类生理特征和生存方式相同，所以对色彩的感受也存在相似之处。

一、设计色彩的表情

1. 欢快的色彩

欢快的色彩是使人产生愉悦的感觉的色彩，其特色是色彩纯度高，明度高，色彩对比强，暖色调较多。用在庆祝、宴会、联欢等活动中表现喜庆的气氛。

2. 悲伤的色彩

悲伤与欢快相对应，其色彩表达自然不同。悲伤的色彩可能是痛彻心扉的，也可能是淡淡却悠远的。当我们看到这样的色彩时，如果心中有认同感，便会产生共鸣，也许还会唤起记忆，产生联想和感叹。我们提到悲伤的色彩会想到冷色、暗色、蓝紫或是黑灰。

3. 幽默的色彩

幽默的色彩体现一种色彩情趣，是设计师对生活的提炼，设计师必须拥有与众不同的观察方法，独到的眼光，以及对色彩知觉的敏感。同时，幽默的色彩也是一种智慧，使观者不仅从中体会到幽默的情感，还能感受到豁然开朗的痛快。

4. 严肃的色彩

有人认为黑色是悲伤的，但我们知道色彩是复杂的，即使是同一种色彩，用法不同，就会产生不同的效果。黑色从某些方面讲可以代表悲伤，比如在葬礼等场合，人们的着装颜色。但它也是肃穆的、庄严的。不同国家和地区的色彩习惯也不相同，我国古代葬礼场合更多使用白色；而在西方，黑白用在婚礼上，则表达郑重与纯洁。

图 1–43
严肃的色彩

我们讲色彩的意境，一方面是指设计师所要表达的理念，另一方面也是指观者感受到的情绪。不同色彩会因使用者不同存在不同的色彩感受。仅就红色来讲，一方面红色是热烈、冲动的色彩，它能引起兴奋的感觉，同时它也是欢快的，中国人用红色来表达喜庆；另一方面红色也会使联想到鲜血和死亡，而这与前者截然不同。同样是红色，歌德看到的是高度的庄严和肃穆，康丁斯基则认为是一种冷酷燃烧着的激情。所以色彩也是凭借各人经验来表达和感受的。（图 1-43）

二、设计色彩的视觉

在现实中，色彩总是受到空气的影响，由于空气对色彩具有覆盖作用，所以即使是同一种色彩，距离视点近的总是显得鲜明，远的会逐渐失去彩度。所以，近的物体色彩鲜艳，明度高；远物体明度对比弱，而且色相模糊。

色彩的辐射、传播、吸收与反射都具有一定的强度和影响范围，因此色彩中心的部分彩度和明度明显，离色彩中心越远，色彩影响力越弱。

1. 色彩的远近与波长

尽管人眼晶状体的调节，对于距离变化的感知非常精确、敏感，但它总有一定的限度，对于波长微小的差异就无法正确调节。眼睛在一距离观察不同波长的色彩时，波长长的暖色如红、橙等色，在视网膜上形成内侧映像；波长短的冷色如蓝、紫等色，则在视网膜上形成外侧映像。因此暖色好像在前进，冷色好像在后退。

2. 色彩的远近与色彩对比的感知度

对比度强的色彩具有前进感，对比度弱的色彩具有后退感；膨胀的色彩具有前进感，收缩的色彩具有后退感；明快的色彩具有前进感，暧昧的色彩具有后退感；高纯度之色具有前进感，低纯度之色具有后退感。色彩的前进、后退感形成的距离错视原理在绘画中常被用来加强画间层次。如画面背景或天空退远可选择冷色，色彩对比度也应减弱；为了景或主体突出应选择暖色，色彩对比度也应加强。

3. 色彩的冷暖与空间

暖色使人感到占据空间大，距离近；而冷色正好相反，青、紫、绿等颜色会产生收缩、后退、远离的感觉。利用色彩的冷暖变化可使我们的设计增强感染力。以红灯作为停止信号，以黄色标志表示危险，都是利用了这些颜色所具有扩散的特点。

4. 色彩的远近与色彩面积

面积不同的色彩不仅带给人不同的色彩感觉，而且面积的大小也影响着空间感。大面积色有前进感，小面积色有后退感；相反大面积色包围下的小面积色则反而向前推。而如果色彩与图形联系起来，则完整、简单的形向前，分散、复杂的形向后。

空间感在许多设计中就是体量感和层次感，其中有纯度不同的层次、冷暖不同的层次、明暗不同的层次、重叠和透叠的层次等。这种色与形的秩序本身就具备空间效应。当形的层次和色的层次一致时，其空间效应就是一致的；反之，则会形成色彩的矛盾空间。

三、设计色彩的知觉

人的感觉器官是互相联系、互相作用的整体，任何一种感觉器官受到刺激以后，都会诱发其他感觉系统的反应。

1. 色彩的音乐感

就像绘画离不开形体与颜色一样，音乐艺术也离不开音色与旋律，而音色与颜色之间存在着自然的联系。音色与颜色一样能给人以明朗、鲜明、温暖、黯淡等感觉。许多音乐家把音乐与颜色相比拟，从而把它们分别联系起来。早在1876年，著名音乐家波萨科特提出了一个音乐家们可以接受的比拟：弦乐、人声——黑色；铜管、鼓——红色；木管——蓝色。而指挥家高得弗来提出的见解是：长笛——蓝色；单簧管——玫瑰色；铜管——红色。后一种比拟得到更多人的赞同。例如在欣赏贝多芬第六交响乐第二乐章时，我们不妨想象一下：明朗的长笛声部吹出了蓝色的天空，而单簧管的独奏，从它那纯净而优美的音色中，似乎呈现出了玫瑰花一般的美丽色彩。这样看来铜管的音色与红色联系起来的确是很恰当的，它强烈、振奋而又雄壮。另外，双簧管的音色常常被联想为绿色。

音色与颜色之间的联想，产生于生活实际和艺术实际。有了这些联想我们可以在音乐创作和欣赏过程中，得到更加形象、多彩的艺术启发。许多艺术家(波特莱尔、乔艾斯、吴尔芙等)都具有这个被俄国小说家纳博可夫称之为彩色听觉的能力。抽象绘画的创始人康定斯基还指出我们不仅能从音乐中“听见”颜色，并且也能从色彩中“看到”声音：黄色具有一种特殊能力，可以愈“升”愈高，达到眼睛和精神所无法忍受的高度，如同愈吹愈高的小喇叭会变得愈来愈“尖锐”，刺痛耳朵和精神。蓝色具有完全相反的能力，会“降”到无限深，以其雄伟的低音而发出横笛(浅蓝色时)、大提琴(降得更低时)、低音提琴的音色，而在手风琴的深度里，你会“看到”蓝色的深度。绿色非常平衡，相当于小提琴中段和渐弱的音色。红色(朱砂色)，给人以强烈鼓声的印象。

2. 色彩的味觉感

饮食文化讲究色香味俱全，烹饪上讲究“色、香、味、形”，其中色彩排在首位，色彩可以影响人们的食欲，有色彩变化搭配的食物容易增进食欲，而单调或者杂乱无章的色彩搭配则使人倒足了胃口。不同色彩光源的照射、环境也会对食品色彩产生很大的影响，从而引起人们不同的食欲反应。一些餐馆、饭店的灯光、环境大都用暖色调来布置，因为暖色可刺激胃从而引起食欲；冷色则恰恰相反。(图1-44)

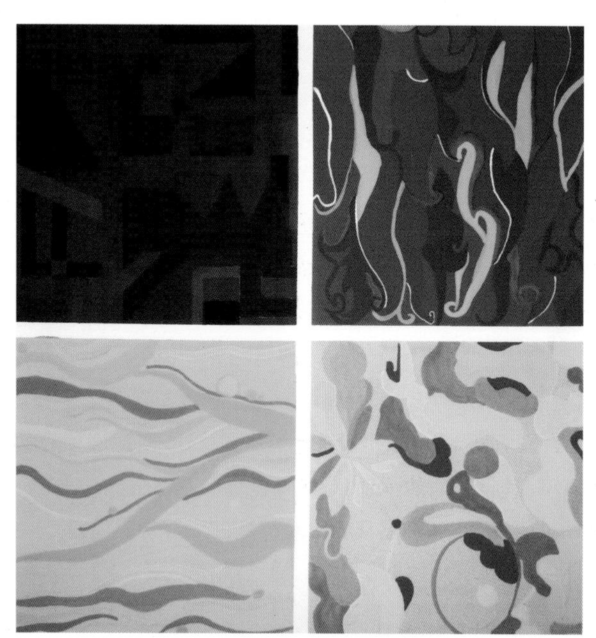

图 1–44
色彩的味觉感

3. 色彩的嗅觉感

色彩与嗅觉的关系大致与味觉相同，也是由生活联想而得的。从花色联想到花香，试验心理学的报告显示：通常红、黄、橙等暖色系容易使人感到有香味，偏冷的浊色系容易使人感到有腐败的臭味。深褐色容易使人联想到烧焦了的食物，感到有蛋白质烤焦的臭味。

第五节

设计色彩的色调组织

绘画或设计中的调子是指画面各种色彩组合的总体倾向，也被称为色调或主调。艺术设计作品给人或热烈奔放，或轻松柔和，或高雅优美，或压抑沉闷的心理感受，主要是由调子决定的。

一、写生训练中色调的组织

调子从色相上可分为红调子、黄调子、蓝调子、紫调子等，从明度上可以分为亮调子、暗调子、灰调子等，从纯度上可分为纯调子、灰调子等，从色彩倾向上可分为冷调子、暖调子等。画面的调子更多的是以一种综合形式出现的。比如，一幅画可能是暗调子，同时也是暖调子，又是黄调子。在灰调子中又可分为偏暖的蓝灰调、偏暖的红灰调、偏暖的银灰调等。

调子主要是画者主观理性思考和概括的产物，但同时也不能摆脱对客观世界的真实反映。在处理画面调子时，首先要根据实际情况观察、感受客观现实，注意把握对象的总的色彩倾向，然后确定画面的基本色调，做概括性表现。当主调确定后，画面中的色彩应服从于这一主调，均应体现出向主调靠拢的倾向，对不适合于主调的色彩要予以改变或删减。

在强调色调表现的同时，还要防止虚假和单调；防止为了一味追求色调统一而将画面处理成单调呆板、索然无味的作品。所有忽视充分的感受而主观臆造的色调必将失去生动性和感染力。

在过分强烈的色彩对比中，可以通过无彩色或金银色的隔离，而获得色彩对比的协调效果。在归纳写生中，色彩调和是指在画面中色与色的搭配、组合和对比，并以秩序、统一、协调的关系呈现出来。当它们作用于人的视觉时，会引起人一定的心理反应，使人产生愉快的情绪和一种美的感受。因此，协调与美是色彩归纳或装饰色彩的重要配色原则。当然，调和在画面表现中不能简单地理解为只要让颜色同种、同类、近似、同一，就能产生协调，而应当追求在对比、互补、相异等变化之中求统一，产生既对比又统一的和谐的色彩关系。

二、色彩设计中主调的组织

1. *以色彩色相为主的画面色调*

以色彩色相为主的画面色调可分为多级。如红色调、黄色调、蓝色调、绿色调等。一般情况下，红、红橙、黄、黄橙色等组成的色调，其视觉心理效果偏重于温暖感，热烈感、活跃感等；蓝、蓝紫、紫、蓝绿色等组成冷色调，其色调偏重于沉静感、安定感、忧郁感；中性的绿色调的视觉心理效果偏重于和平、希望、生命感。

2. *以色彩明度为主的画面色调*

以色彩明度为主的画面色调可分为 3～5 个等级，分别为亮色调(包括白色调、浅灰色调)、灰色调(中灰色调)、暗色调(深灰色调、黑色调)。其视觉效果也有不同的体现：亮色调画面明朗、轻快、舒畅，具有愉快感；灰色调画面柔和、恬静、安定，具有宁静感；而暗色调画面具有暗重、深沉、严肃感。

3. *以色彩纯度为主的画面色调*

以色彩纯度为主的画面色调分为 3 个等级，有无彩色调(黑、白、灰等)，含灰色调(灰红、灰绿、灰紫或灰黄等)以及纯色调(红、橙、黄、绿、青、蓝、紫等)。从视觉心理效果而言，无彩色调偏重于单纯、质朴、大方感。

4. 以色彩冷暖为主的画面色调

以色彩冷暖为主的画面色调分为暖色调、中性色调和冷色调 3 个等级。暖色调(以红、橙、黄为主)，偏重于温暖、辉煌、脱俗感；中性色调(以无彩色或近似于无彩色的绿、紫为主)，从其视觉心理效果上看，中性色调偏重于温馨、柔和、雅致；冷色调(以蓝绿、蓝、蓝紫为主)，偏重于宁静、清新、朴素感等。(图 1-45)

图 1–45
以色彩冷暖为主的
画面色调

第二章

设计色彩的表现形式及使用

第一节

水粉画工具材料及使用

一、水粉画的表现特征

水粉画是用水粉颜料绘制的图画。水粉是水粉颜料的简称，在我国有多种称呼，如广告色、宣传色等。水粉属于水彩的一种，即不透明水彩颜料。水粉是艺术类学生在习作时普遍使用的表现形式，它也经常用于商业插画的表现。对于初学者，水粉是比较容易掌握的方式。水粉颜料色彩丰富，覆盖能力相对比较强，能画出不透明的效果，易于重复使用和修改。水粉可以用厚画法。在强调大面积色彩，或想强调原色的强度，或转折面较多的情况下，用水粉色比较适合。水粉色在使用时不宜调得过稠或过稀。过稠难以把笔拖开，颜色层也显得过于干枯以至于开裂；过稀会使颜色变脏，有损图面美感。水粉还有一种薄画法，体现色彩的融合力和画面的透明性效果。水粉一般要在专门的水粉纸上作画，也可在其他的材质上画，这要根据不同的画面效果选材。水粉画可粗放也可细腻，塑造精度依据总体设计要求进行。（图 2-1）

图 2–1
远古的回忆
（张景）

二、水粉画特殊表现技法

1. 水粉水彩技法

众所周知，水粉、水彩虽都属水彩画的范畴，但两种画种的差异还是相当大的。水彩画明快亮丽，色彩透明，色彩覆盖能力弱；水粉则正好相反。水彩画在作画过程中不使用或很少用白色颜料；而水粉画在作画过程中，白色颜料的使用量很大，如何使用白色也是作画的关键。同时用这两种颜料来作画，作品既有水彩的明快亮丽、又有水粉的厚重沉着的特殊效果。在使用这两种不同的颜料作画时应特别注意以下几点。首先，由于水彩具有透明性，所以应先画水彩。可以直接用水彩颜料大致地涂第一遍色调，在这一步骤中，不必面面俱到，只需体现出画面的基本色调即可，画面的受光部，应更多地用水彩颜料来体现，物体的亮面可用水彩画的干画法画几遍，然后用水彩来进行深入刻画。其次，由于水粉具有覆盖性，所以物体的暗部主要用水粉来体现，在作画过程中，可以打破传统的水粉画先画暗部再画亮部的步骤。既然是水粉水彩技法，就应以水粉画为主来进行表现，保持水粉画的特点，不然就成水彩画了。物体的中间色调，都要用水粉画进行塑造。最后，在画面中看到的水彩色彩应该较少地出现在物体的受光部分，这样，既能保证水粉画的特性，又能在水粉画中协调地体现出水彩画明快亮丽的特点。这种技法由于学习比较方便，材料好准备，教师可以让学生也进行尝试。（图 2-2）

图 2–2
窗口
（曹大庆）

2. 水粉铅笔技法

在水彩画中，有一种铅笔淡彩的技法，作品一般是先画素描稿，然后画上水彩，由于水彩的透明性，铅笔的痕迹也就隐在水彩的下面，能很好地体现明暗关系，对加强学生的明暗认识有非常大的作用。水粉铅笔技法就是在铅笔淡彩的基础上的另一种特殊技法。这种技法的操作其实很简单，由于水粉透明性不好，所以有别于铅笔淡彩先画素描的步骤，而应先画水粉，力求做到画面色彩丰富、色调明快。但要注意的是不可画得太厚。尤其是暗部用色，应力求以湿画法为主，颜色用得薄些。最后选择较为柔软的铅笔或碳素铅笔按照素描的表现方法来进行刻画。铅笔主要是在物体的背光部或背景等地方进行表现，而在受光部应少用或不用铅笔。画的时候还应注意画面的色彩关系，所以用铅笔排线的时候不可太密，而应以疏朗为宜。作品完成后最后喷上定画液以免铅笔灰弄脏画面。在丰富细腻的色彩中夹杂着铅笔理性的痕迹，这样的色彩效果真是妙不可言。

3. 水粉石膏技法

前面两种技法中，与水粉共同作用的水彩和铅笔，其实也是很常见的绘画材料，而水粉石膏技法中用石膏材料很多人就难想到了。在油画创作中，有一项很重要的工序就是用石膏粉加乳白胶打底，水粉石膏技法在作画前也需要打底。由于水粉一般画在纸上，所以打底时不可太厚，胶可用得多些，以增强附着力。打底时应有选择性，避免平涂，比如画粗糙的陶罐、破旧的家具、斑驳的墙面等，就可先在这些地方用石膏打底，做出相应的肌理来，然后再用普通水粉技法作画即可。需要注意的是用了石膏的地方，用水粉画的时候应使用薄画法，水可多用些，这样等颜料干了后，能产生一种意想不到的光泽，由于底子的高低起伏，画面立体感非常强，也有一种油画般的厚重感。这种技法作画过程比较麻烦，作品不好保存是其最大的弊端。

三、水粉画的基本工具与材料使用

画笔是表现技法的重要工具。绘画过程中画面的形体塑造、质感表现、气氛渲染，以至绘画风格的形成，都与不同画笔的笔法运用有密切的关系。水粉画笔有质量区分，一般含水性好而富有弹性的为上等画笔。因此，水粉画笔中的狼毫笔是比较理想的；羊毫画笔毛质就太软，笔法柔软无力；油画笔含水性差、毛质过硬，不是理想的水粉画笔。每一种质地不同、形状不同的画笔，都有它自己的使用特性和功能，同时也存在局限，在作画时，要根据画面要求和画笔的特性进行选择。

通常使用的画笔有扁形方头笔、毛笔、油画笔、底纹笔和画刀等几种。

1. 扁形方头笔

这种画笔是模仿油画笔形状制造的，有大小不同多种型号，比较适合涂较大面积的色块及用体面塑造形体。画笔侧面也可画出较细的线，如运笔时正侧转动，就会出现线面结合、富有变化的表现效果。在使用与表现形体时，这种画笔也便于吸收油画的一些表现技巧。（图 2-3）

图 2-3
扁形方头笔

2. 毛笔

毛笔的品种很多，笔的大小也很悬殊，可以根据其性能，自由选用。狼毫画笔具有很好的含水性且富有弹性，它的应用可以获得丰富的中国画笔法的表现效果。毛笔的笔锋长而尖，中锋、侧锋等各种笔法画出来的线条，灵活生动，善于表现具有线特征的形体，如树木、花果、建筑、车船、人物等。效果有独到之处，为扁形画笔所不及。（图 2-4 至图 2-6）

3. 油画笔

油画笔不论是猪鬃或狼毫的笔毛，由于笔锋短，笔毛质地坚挺，其吸水性都较差，但笔触却刚直有力。它适宜于厚画，蘸一笔画一笔，不能像其他吸水性较好的画笔，可以蘸一笔画一片，或画含有饱满水分的

图 2-4
毛笔(一)

图 2-5
毛笔(二)

图 2-6
毛笔(三)

图 2-7
油画笔

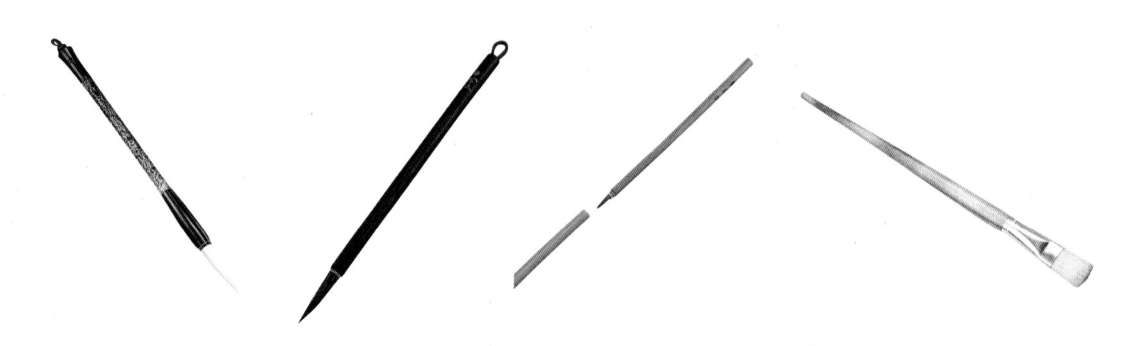

色彩效果。这是其与水粉、水彩画笔最大的区别。用油画笔画水粉画可以得到近似油画的效果。(图 2-7)

4. 底纹笔

底纹笔是笔头扁平的羊毫笔,笔头比最大号的水粉笔还要宽,一般有 25～75 cm 的宽度。多用于涂底色、画大面积的天空和地面或比较概括统一的远景等;幅面较大的静物画的背景,也常使用底纹笔来画。底纹笔是制作较大水粉画幅重要的工具。

另外还有狼毫制成的此类水彩画笔,画水粉画时也是十分理想的。(图 2-8 至图 2-10)

图 2-8
底纹笔(一)

图 2-9
底纹笔(二)

图 2-10
底纹笔(三)

5. 画刀

水粉画使用的画刀来源于油画工具。一些油画在绘制作时使用多种画刀,用画刀绘制出的画面与用画笔绘制出的画面有不同的艺术效果。画刀实际上是金属片状的画笔,用弹性钢片制成,薄而有弹性才是好的画刀。其形状有多种,有尖头、圆头、平头等。画刀当然也有厚薄之别。薄而有弹性的塑料片,同样可以做成适用的画刀。各种不同性质、形状的画刀,用于不同要求的表现对象时,可以获得别致的艺术效果。(图 2-11、图 2-12)

图 2-11
画刀(一)

图 2-12
画刀(二)

为了获得某些独特的画面效果,在水粉画制作中使用的还有其他的工具材料,如喷笔、刮刀和蜡笔、油画棒等非水溶性固体颜料。

画水粉画,一般应备有五支左右不同大小的画笔。水粉色残留在笔根中,再蘸其他颜色继续作画时,残留的颜色会渗出,污染画面,影响色彩效果。所以应根据色彩的性质多备几支笔分别作画。同时还需要培养作画时换笔使用的习惯,否则多支画笔中的色彩,仍然可能成为同样的脏色彩,这是我们在画水粉画时要特别注意的。

任何画种都如此,画笔对作画有直接的关系,是重要的绘画工具。不少国画家,终身习惯选择某种画笔,因为画笔对发挥艺术表现力、显示艺术个性和风格,起到很重要的作用。

第二节

水彩画工具材料及使用

一、水彩画的表现特征

水彩是一种透明的颜料，可以用水调配和稀释。水彩因其灵活快捷，画面效果灵动，成为最为普及的手绘的表现手法之一。水彩是一种轻盈透明的材料，色粒很细，与水溶解可显示其晶莹透明。水彩的厚薄是以水的用量来控制的，但它依然是一种覆盖力较弱的色料。所以水彩浅色不能覆盖深色。水彩颜料的群青、赭石和土红等色属矿物性颜料，单独使用或与别的色彩相混都易出现沉淀现象，巧妙运用可产生新颖的效果。水彩在描绘物体结构、材质、光感效果上有很强的表现力。但因为水彩有不可修改性，需要严谨的绘画步骤、精确的水分用量与时间掌握控制，所以要想通过水彩方式来表现插图效果必须有很强的绘画功底，同时在绘制的初始阶段就要做到胸有成竹，绘制过程一气呵成。

二、水彩画基本技法

水彩画的基本技法是发挥水彩画的工具材料性能常用的基本性的技法，通常分为干画法和湿画法。无论是干画法还是湿画法，其着色方法基本上都是“加法”，即由浅入深法，但是，在一幅水彩画中，往往是两种基本技法结合使用的。

1. 干画法

干画法是指第一遍色干透后，再上第二遍色、第三遍色。使用干画法，由于层层重叠，会产生丰富的层次效果，使表现对象明确、真实、深入。干画法一般又分为干接法和叠色法。

干画法相对湿画法比较容易掌握。由于色彩的层层相叠，可以画得深入和充分。另外水分不受时间的限制，可以从容不迫地作画。一般从浅色画到深色，从大面积画到细部，也可以在完成细部后用罩色的办法统一大调子。采用干画法可以让作画者充分地考虑画面的色彩关系进行长期写生，从容地将画面刻画得精细入微，这样有利于整体推进，容易控制画面的大效果。一般对画面的主要形象，近处、实处和亮处用这种方法较多，另外对于坚硬转折的物体也有很强的表现力。这种方法还善于表现光影效果。干叠法的不足是缺乏水分的滋润感，叠多了以后，颜色会变得脏涩、不透明，失去画种特点，从而容易引起呆板和琐碎，所以叠加的次数应适可而止。

图 2–13
花布与水果
（宣信明）

值得一提的是，干画法并不是作画过程中少用水用干笔画，其画笔仍要求笔毫饱满、滋润，避免干枯、死板，并注意到色彩叠加后所产生的特定效果。另外，颜色的层层叠加并不意味着无限制地复涂，一般以加到第三、四遍为宜，再多其透明性和色彩饱和度都会大打折扣，出现脏、枯、闷、死的现象，应特别注意的是，在画下一遍色时，要在前一遍色全干后进行，以防止将不干的底色带起来弄脏画面。（图 2-13）

2. 湿画法

湿画法是指在湿的画纸或湿的底色上连续着色。作画过程中

图 2-14
钢城
（李升权）

画纸始终潮湿，如果部分地方干了，可以打湿了再画。湿画法是水彩画基本而重要的画法，水色渗透、晕化、淋漓，可以使色彩获得十分自然、柔和、滋润的效果，充分体现出透明、流畅和轻快的水彩画特点。但其难度较大，初学者不易掌握。它的不足之处是难以多层次地深入刻画对象。湿画法一般可分为湿叠法、湿接法、渗化法，用水比较多，能表现出画面水色淋漓，色彩间相互渗透的生动效果，特别能突出水彩不同于其他画种的鲜明特点，湿画法通常适合表现朦胧的对象和物体的暗部及远处的天空、建筑、森林和山峦等，湿画法的要点是：用笔时水分一定要饱满，而且要注意每笔之间的衔接，这就要求在用湿画法时速度要快一些，以使画面衔接完整。湿画法中湿叠法和湿接法是常用的方法，湿叠即在前一遍颜色未干时叠加颜色，一般后一遍颜色的含水量要少于前一遍颜色，以便控制形。而湿接则是指趁湿连续着色，使不同的颜色在纸面上相互渗透浸润，产生生动的效果。（图 2-14）

湿画法能体现画者对水的控制能力，但作画时不能只想着如何在画面上玩水分，舍本逐末，轻视色、形的作用，而做水的游戏，追求所谓的诗意空灵。

3. 干湿并用法

实际上在一幅水彩画中，干画法和湿画法总是都会用到的，在风景画中，一般画天空和远景时多用湿画法，近景则多用干画法。“先湿后干，近湿远干，实湿主干，软湿硬干，柔湿刚干”，这是常用的画法原则。作画时一般先用湿画法铺出大的色调，画出虚远柔和的物象，随着作画的过程，纸面渐干，然后用干画法塑造出主要的景物及近处的物象，这种过渡是极自然的，其区分也不是绝对的，并非生硬地只用某一种技法。（图 2-15）

图 2-15
惠安女
（黄亚奇）

另外，还要考虑季节、气候的影响：春天、阴雨天，空气潮湿，水分挥发慢，可多用湿画法。秋天、晴天，空气干燥，水分挥发快，宜多用干画法。在室外作画有风有阳光，水分的挥发也快，也可以干画为主。所以要根据不同的季节、气候多作水分在画面上控制的练习，积累经验，熟练掌握水彩的主要技法。

三、水彩特殊表现技法

当然在水彩绘画的过程中为了达到一些特殊的效果，我们必须使用一些比较特殊的手段。水彩画家们一直在对技法作出种种探究和尝试，包括对笔、纸、颜料、媒介等方面特性的挖掘和发展，大大丰富了水彩画的语言，使水彩园地繁花似锦。

1. 刀刮法

用一般削铅笔的小刀在着色的先后在画面上刮划，是破坏纸面而造成特殊效果的一种方法。刀刮法有三种。

（1）干刮　在色彩干后用刀把画面某处刮破或挑破露出纸白，或轻巧断续地刮，以表现逆光时的亮线、亮点或较小的亮面、闪动的光点和冬天飘落的雪花等，虚虚实实，自然有趣。

（2）在将干未干的画面上用刮刀、竹片、笔杆等硬物刮，水多时会产生重的刀痕，水少时浮色被刮掉又会产生较亮的刀痕，并可以产生挺拔的线条，常用来刮出画面的树枝、杂草、电线、水波纹等。

（3）着色之前先在画纸上用小刀或轻或重、或宽或窄地刮毛，以破坏部分纸面，着色之后出现较周围颜色重一点的形象。这是因刮毛之处吸色能力强，所以颜色就变重了，这种方法适合表现虚远的模糊形象或隐约可辨的细节。

2. 排水法

用蜡笔、油画棒、蜡烛、松节油等在无色或有色的纸上作画，画到纸上的油性物质可对后上的水彩色起排斥作用，是留白的一种辅助方法，画面中处于深色背景前的桅杆、缆绳、树枝建筑细部均可用此法，另外，这些工具还可在纸上造成斑驳的肌理效果，表现山石及其他粗糙的形体。（图 2-16）

图 2–16
晨曦中的飞起
（廉全震）

3. 吸洗法

使用吸水纸(过滤纸或生宣纸)趁着颜料未干吸去颜色。根据画面效果需要，吸的轻重和大小可灵活掌握，也可吸去颜色之后再敷淡彩。用海绵或挤去水分的画笔吸洗画面的某些部分，也别具味道，与使用吸水纸有异曲同工之妙。

4. 喷水法

有时在毛毛细雨的天气下画风景写生，画面颜色被细雨淋湿，出现一种天然的情趣，引人入胜。喷水法就是借鉴细雨对画面的浸润而产生的，喷水法有时在着色前先喷水，有时在颜色未干时喷水。喷水壶要选用能喷射水雾状的，水点过大容易破坏画面效果。（图 2-17）

5. 撒盐法

颜色未干时撒上细盐粒，干后出现像雪花般的肌理趣味。撒盐时，应注意画面的干湿程度，过晚会失去作用。盐粒在画面上要撒得疏密有致，随便乱撒会前功尽弃。（图 2-18）

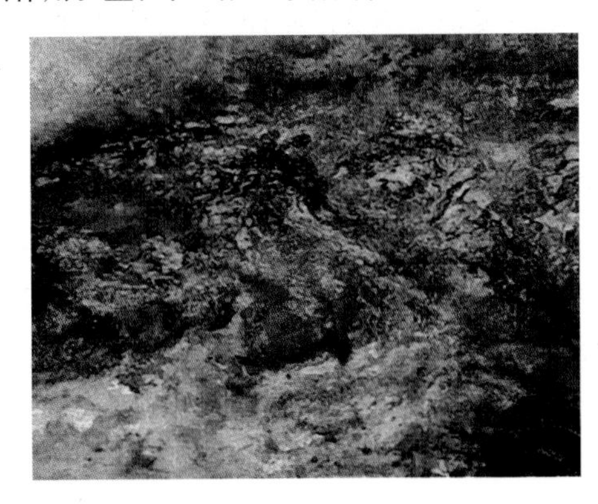

图 2–17
岁月
（贺建国）

图 2–18
一个世纪始与末的对话
（汪晓曙）

6. 对印法

对印法是在玻璃板或有塑料涂面的光滑纸上，先画出大体颜色，然后把画纸覆上，像印木刻一样，画面粘印出优美的纹理，颇得天趣。此种效果用细纹水彩纸容易见效，以对印为主，稍作加工即可成为一幅耐人寻味的水彩插画。有的作品局部使用对印方法，大部分仍然靠画笔完成。

7. 油渍法

水与油不易溶合，利用这一特性，着色时蘸一点松节油，会出现斑斓的油渍效果，使平凡的色块有了丰富的变化，也颇具天趣。

水彩其他的特殊技法还很多，比如揉纸法、运用遮挡液等，而且新的技法还在不断的探索中出现。技法是为表现出作者的意图、感情和风格服务的，切不可为了使用技法而使用技法。我们可以探索不同的水彩表现特殊技法，但切忌滥用。

二、水彩画的基本工具与材料使用

水彩画用纸比较挑剔，用纸对一幅画的效果影响很大，同样的技巧在不同的画纸上的效果是不大

图 2-19
水彩画

一样的。理想的水彩画纸，纸面白净、质地坚实、吸水性适度，着色后纸面比较平整。纸纹的粗细根据表现的需要和个人习惯选择，熟悉使用的画纸性能特点，善于巧妙地运用它。另外，对于水彩笔也有特殊的要求，水彩画所用的笔需有一定的弹性和含水能力，油画笔太硬且含不住水分，不宜用来画水彩，只在追求某种特殊的效果时使用。狼毫水彩笔、扁头水粉笔、白云笔、国画笔等都可用来画水彩插图。（图 2-19）

第三节

多种工具及其表现技法

一、马克笔及使用方法

（一）马克笔的分类

马克笔是一种用途广泛的工具，它的优越性在于使用方便、速干、可提高作画速度，它今天成为室内装饰、服装设计、建筑设计、舞台美术设计等各个领域必备的工具之一。马克笔的样式很多，大致可以分为水性马克笔和油性马克笔两种类型。

水性马克笔的色彩透明，纯度也比较高，具有速干性，但是没有覆盖力。油性马克笔色彩纯度也很高，能防水，具有一定程度的覆盖力和较强的速干性。无论是油性或是水性的马克笔，都有许多规格和色彩。马克笔还可以按笔尖大小分成小号、中号和大号。笔头形状有圆头、方头、尖头和斧形头等。方头和斧形头适合大面积的着色和粗线条的表现，尖头适用画细线和细节的刻画。用马克笔绘画，不仅速度快，也可以画出精致的效果。（图 2-20 至图 2-25）

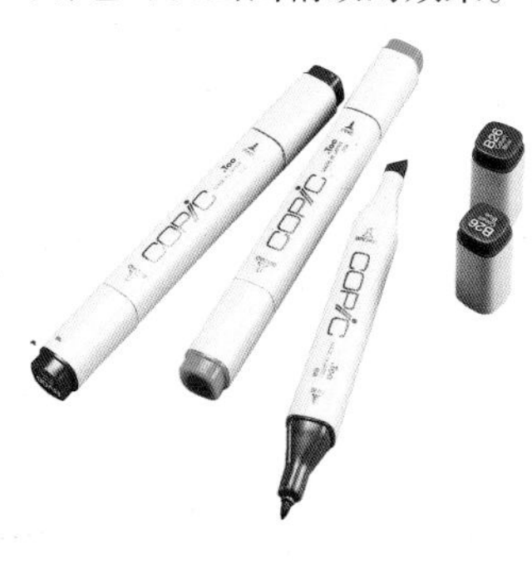

图 2-20
马克笔(一)

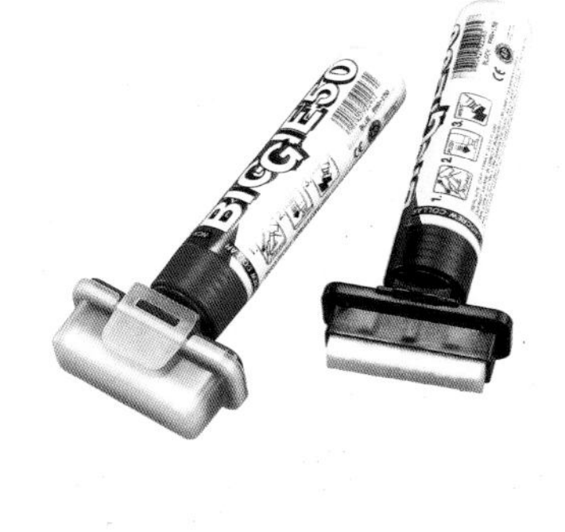

图 2-21
马克笔(二)

图 2-22
马克笔(三)

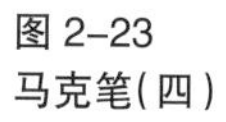

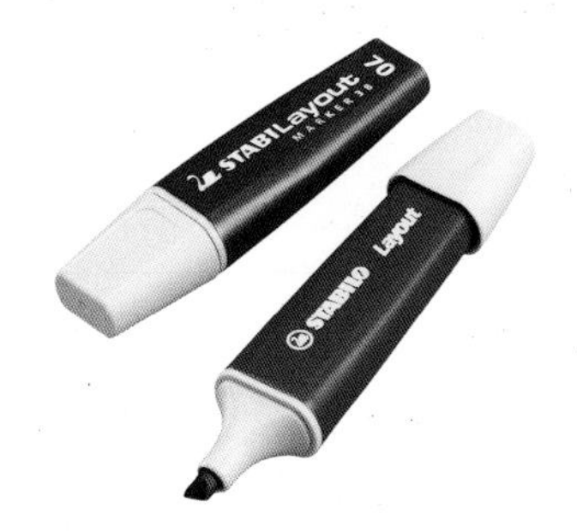

图 2-23
马克笔(四)

图 2-24
水性马克笔

图 2-25
油性马克笔

油性马克笔与水性马克笔通常搭配使用，而且不破坏水性马克笔的痕迹。有时会出现色彩透叠的效果，如果应用得合理，画面色彩会相当丰富，极具现代气息。

图 2–26
马克笔的使用

在实际的绘制过程中，使用马克笔涂抹某个区域时，要朝同一方向涂抹，注意线和线之间不要叠加，还要防止留白，然后用色彩叠加的方式加深颜色，提高色彩的饱和度，所以在使用马克笔表现时要具备较强的表现力。练习用马克笔添色，掌握色彩平涂、叠加、留白的效果是使用马克笔必备的基本功。在使用马克笔的同时，也可以利用彩铅、水彩等修改。

由于马克笔的渗透性很强，所以在绘画时，画纸下要垫其他纸张，以避免颜色渗透到下一张画纸或印在桌面上，那会很难清洗。（图 2-26）

（二）马克笔的基础技法

1. 色彩重叠法

色彩重叠法是马克笔常用的表现方法，用水性马克笔颜色画一遍与重叠后所产生的效果不同，通过重叠增加了颜色的深度，使色彩更丰富。当表现一个界面的过渡效果时，应选择色性相同的鲜度很接近的两至三种颜色，由于马克笔用的是透明水色，在画颜色时从色彩的明度上讲应先画最浅的颜色，然后再依次画较深的颜色，用暗色覆盖亮色。当两种颜色重叠也就相当于两种颜色调配，会产生另一色相关系，如红与蓝重叠会呈现紫色，黄与蓝重叠会呈现绿色等。（图 2-27）

2. 界面的满涂与半涂

一个界面正对我们则是一个立面，与我们的脸面成一定角度就会产生透视空间，界面的表现有两种着色方式。其一是满涂，即把整个界面利用马克笔借助尺子一笔接一笔地涂色，将一个面均匀地铺上颜色，如果效果图尺幅较小，应徒手涂色。马克笔效果图非常讲究笔触效果，铺色时不要中途停顿、起笔收笔，要一笔涂到边，为了使两侧的边线控制整齐可用其他纸张进行遮挡。其二是半涂，半涂不是把一个界面全部涂满，而是平铺一部分，然后利用马克笔笔头的面和尖部，笔与笔之间拉开距离洒脱地画几条由粗到细的折线，再加上勾好的墨线轮廓，给人以满涂的效果。半涂效果在效果图表现中用处最广，以此来形成受光、反光和光亮的镜面效果。半涂可在白色的底子上表现，也可在满涂后再进行半涂，来产生丰富的色彩效果。（图 2-28）

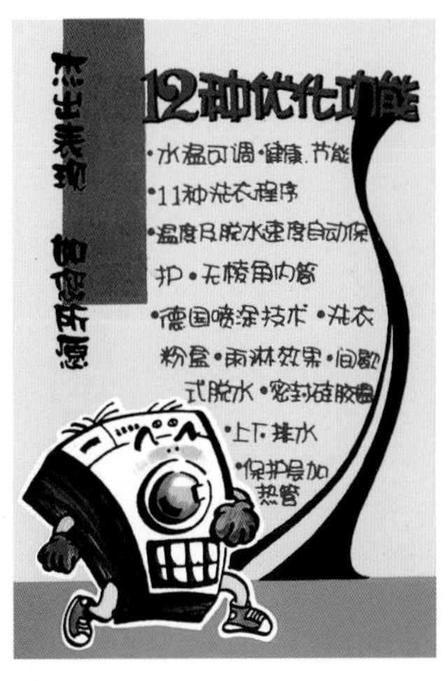

图 2–27
色彩重叠法

图 2–28

3. 湿画法

湿画可使明确的笔触变虚变柔，产生一定的水彩画效果，使色彩的衔接柔和，增强马克笔表现的美感形式。湿画的表现方法有两种。一是先干画后湿画。将所表达的内容画好后，用手指或毛笔蘸满水画在需表现的部位。水性颜色遇水就会渗开，通过控制水分的大小来完成湿画的效果，使遇水渗化的色彩有着清新的感觉。二是先湿纸后画色。纸张加清水后用纸巾将水吸掉，然后趁潮湿将要表现的部位画好，使其产生一种较为润泽的效果，这种画法可使两色衔接自然，能充分表现空间效果。一幅效果图既有干画的笔触又有湿画的韵味，产生一种艺术作品的美感形式，会给马克笔效果图增加无尽的表现空间。

二、彩色铅笔及使用方法

彩色铅笔属于铅笔的范畴，在插图表现中经常。使用除了单独使用外，还可以与其他材料混合使用。彩色铅笔既具有普通铅笔所具有的特性，又具有丰富的色彩表现力。现今，我们所看到的绝大多数儿童类图书的插图，是使用彩色铅笔绘制而成的。彩色铅笔在保留了单色铅笔的轻松、自然、表现力强的特点之外，还夹杂了丰富的色彩变化。彩色铅笔包括水溶性彩色铅笔和非水溶性彩色铅笔，其颜色配置十分丰富，可根据个人绘画习惯和画面要求进行选择。水溶性彩色铅笔既具有普通彩色铅笔所具有的特性，还具有丰富的表现力，因为它的笔芯可以溶于水中，运用毛笔蘸水进行晕染，那么它的变化力和衔接力将得到更多的发挥，以达到类似铅笔淡彩的画面效果。用彩色铅笔绘图时，要由浅入深，多层涂敷，必须充分利用彩色铅笔的混色效果，这样表现出来的作品轻松而不失厚重，单纯而不失丰富，是插图绘制最好的表现工具之一。

虽然彩色铅笔易于掌握，但要用它塑造些复杂的效果就会耗时较长。彩色铅笔的表现有素淡之感，但用力进行涂抹，也能产生色泽艳丽的效果。在使用彩色铅笔时，铅笔的颜料很难完全附着在纸面上，如果不及时清除，很容易把画面弄脏。可以用吹风机或刷子把多余的颜料清除。（图 2-29 至图 2-32）

图 2–29
水溶性彩色铅笔

图 2–30
彩色铅笔（一）

图 2–31
彩色铅笔（二）

图 2–32
彩色铅笔（三）

三、油画棒的特性及其绘画技法

（一）油画棒的特性

油画棒也称色粉笔，是一种油性彩色绘画工具。一般为长 10 cm 左右的圆柱形或棱柱形。油画棒看似蜡笔，其实并非蜡笔。同蜡笔相比油画棒颜色更鲜，纸面的附着力更强。油画棒手感细腻、滑爽、铺展性好、叠色、混色性能优异。用它作画可以营造粗犷的效果，另外，在砂纸等粗糙的纸上作画还能产生类似油画的效果。使用油画棒进行绘画时可以采用归纳的方法，将造型和色彩概括成色块，使块面之间形成一种富有节律感的对比关系，利用色彩的明度、纯度、色相、冷暖、面积等对比与调和原理来规范与整合画面，使画面具有条理性与秩序感。这一点不仅仅体现在画面效果上，更主要的是涉及思维方式与审美趣味，使画面表现脱离客观物象的束缚，进行“打破重组”，以突出画面的意境，彰显其形式美感。（图 2-33 至图 2-38）

图 2-33
油画棒（一）

图 2-34
油画棒（二）

图 2-35
油画棒（三）

图 2-36
油画棒（四）

图 2-37
彩色油画棒画在棉纸上
（克瑞史汀·罗布特）

图 2-38
白色油画棒画在黑纸上
（克瑞史汀·罗布特）

（二）油画棒的绘画技法

油画棒在绘画的时候的一些基本的绘画技法如下。

1. *点彩法*

点彩法是用油画棒的一端在纸上轻击，以形成彩色圆点。利用彩色圆点本身的色彩混合来达到特殊的艺术效果。

2. 混色法

混色法是指在一块上色区域的边上，再涂上另外一种颜色，然后把颜色混在一起，并涂平的方法。

3. 层涂法

上好底色，然后选择另外一种颜色，用油画棒的粗头把第二种颜色涂在底色上。涂第二种颜色时，另外一种方法能达到同样的效果：用酒精溶解油画棒，然后用画笔把混合色刷在底色上，可以产生更透明的效果。

4. 分层法

用油画棒上色后，用手指或面巾涂抹颜色。酒精和松节油也可用于产生分层效果。松节油和彩色油画棒混合使用也可产生分层效果，或使色彩更加透明。松节油可直接用在油画棒着色的画面上，或用来为油画棒着色的画面打底。

四、综合性材料的表现技法

在色彩创作中，各种绘画工具种类繁多、功能各异，可以称得上是形形色色。前面我们已经了解到，不同的绘画颜料和工具在不同环境中的使用产生的效果各有千秋。我们可以根据创作目的的不同、绘画手法的不同、表现对象的不同，自由选择合适的创作工具，抓住绘画工具的性质与特点进行色彩表现。（图 2-39）

图 2–39
综合材料

然而，因为各种绘画颜料和工具都有其特性，所以应用中难免遇其短处。在进行绘画创作中可以多种颜料同时使用，各种工具交替应用，进行综合材料的使用。

分析出绘画颜料的特性和不同之处，在绘画创作时方可有的放矢，综合使用，互补不足，创作出精彩作品。当代美国画家鲁宾·沃尔夫在创作《蓝色条纹和秋海棠》时，为了突出冷暖色间的强烈对比，又能使颜色协调一致，便采用了水粉颜料和水彩颜料同时使用的创作方法，正是画家对颜料特性的了解才可以对不同材料综合使用，创作出非常完美的画卷来。（图 2-40）

在绘画创作中还有许多工具和材料是可以使用的，例如，喷枪、喷笔、热蜡枪都可以与绘画颜料综合使用，达到出其不意的绘画效果。另外，在绘画过程中为了得到一些特殊的肌理效果，还可以采用立粉法、拼贴法、刮法等综合手法进行创作。在鲁宾·沃尔夫的另一幅《古老的呼唤》作品中，他采用了多种材料和多种方法的综合使用的方法。在此幅画创作中，画家主要以水为媒介，层层晕染，慢慢接近画面中心。他使用少量的石膏粉和金属粉末用喷枪在不同时间喷洒在湿的和干燥的画面上，经过细心修饰，去除粗糙或不适应的形状，从而进一步加强了肌理效果和绘画主题的感染力。（图 2-41）

可见，绘画材料综合的使用可以使我们的绘画创作更加精彩，这些方法也正是对绘画者最好的考验。

图 2–40
《蓝色条纹和秋海棠》
（鲁宾·沃尔夫）

图 2–41
《古老的呼唤》
（鲁宾·沃尔夫）

第二章

设计色彩归纳写生

第一节
自然物象色彩与设计色彩思维转换形式

一、自然物象色彩对设计色彩的转变形式

在我们的生活中，色彩无处不在，它是构成我们生活环境的重要组成部分。在大自然中，因四季的变换，我们可以看到大地山川随四季的变化而产生斑斓迷人的色彩。冬天，白雪皑皑的田野会产生一片银灰色调；春天万物复苏，嫩绿的树叶体现着生命活力；夏天强烈的阳光灼热而沸腾；秋天金黄色的色调令人陶醉。

植物世界的花卉、树木的色彩极为丰富，在设计色彩中借鉴自然花卉的色彩可以得到有益的启示。（图 3-1 至图 3-4）

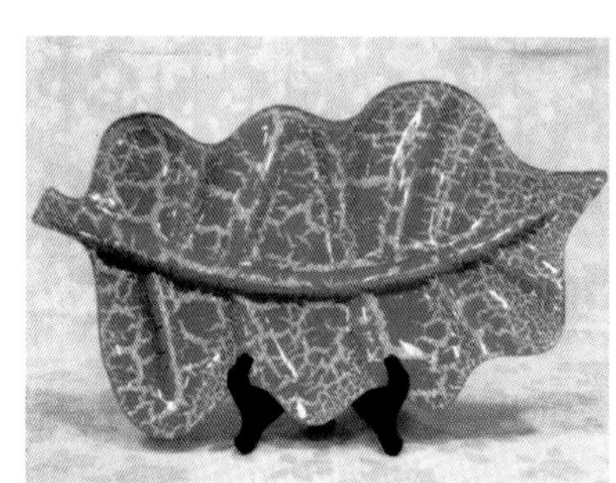

图3–1
植物色彩应用
器皿设计

图3–2
花卉色彩应用
珠宝设计

图3–3
花卉色彩应用
服装设计

图3–4
海底色彩的应用
迪拜酒店餐厅

动物世界中鸟禽羽毛和走兽皮毛都拥有美丽的色彩，在设计色彩中可以用仿生学的原理从动物的色彩中汲取设计灵感，美化人类的生活。（图 3-5、图 3-6）

对色彩进行写生是实现色彩功能的前提，是培养设计者的观察能力、审美能力、创造能力的捷径。

二、设计色彩思维转换形式

从造型基础训练的角度，我们可以把色彩写生分为一般性绘画色彩写生和设计性归纳色彩写生。

前者是为了获取写实造型能力、模拟自然色彩而进行的写生；而后者则是为了获取装饰性色彩造型能力而进行的写生。（图 3-7、图 3-8）

图3-5
鱼类色彩的应用
仿生家具设计

图3-6
金钱豹色彩的应用
豹纹饰品设计

图3-7
一般性绘画色彩写生
(张笑非)

图3-8
设计性归纳色彩写生
(张智慧)

由一般性绘画色彩写生到设计性归纳色彩写生必须要经过一系列的转换。

首先，在创作观念上，一般性绘画色彩写生是纯艺术的观念表现，强调自由与个性，外化作者的情感和认识；而设计性归纳色彩写生则侧重于功能和作用，属于实用美术的组成部分，因此会受到客户审美需求和环境条件的制约。

其次，在观察方法上，一般性绘画要求科学、客观的认识物象，认真观察和分析光源色、环境色、固有色之间的相互关系和光色的变化规律；设计性归纳色彩则着重研究客观物象在画面中的形、色的主观处理及形式构成方法，研究色相、明度、纯度间的对比调和规律。

再次，在表现方法上，一般性色彩写生必须严格按照物象的形体和色彩进行描绘，要较为真实地表现对象的形体、结构、色彩、质感等，还着重表现空间虚实关系和立体感，基本上是自然色彩的客观记录；设计性色彩写生在造型上则强调平面化、夸张变形，设色上并不受自然色彩的严格限制，可在自然色彩的基础上概括提炼，也可根据需要进行主观创造。

最后，在艺术风格上，一般性绘画色彩写生表现丰富细腻，变化微妙，给人一种客观真实的感受；设计性归纳色彩写生则呈现明显的装饰风格，简洁而鲜明。

第二节
归纳色彩写生的方法

一、形体的归纳

物象是以形来确定的，自然界中的万物均是以形来规范，形在空间中有一定的限度，有面有体有边界等，造型艺术离不开形体，它是艺术创作中最基本的因素之一。在归纳色彩写生中对形体进行归纳时，根据画面中所描绘对象的形与客观物象的真实距离，可分为具象的形态和抽象的形态两种表现形式。

1. 具象的形态

具象形态可分两类。一是表现客观存在的三维立体空间状态的具象，即在画面中追求形态的严谨准确、空间的进深虚实，自然色光下的客观存在的色彩关系和物象是质感等。造型给人一种真实感，这种真实的具象多为客观写实性绘画的造型方式。另一种是装饰性形态的具象。即要将客观物象作提炼归整、夸张变形及平面化等主观处理，使客观三维形象转化为装饰形象。这种装饰形象虽然与客观物象的真实距离较远，但归纳变化后的形态仍可完整明确地表示原形的基本内容，所以，相对于抽象的形态来讲，仍属于具象的形态。（图 3-9、图 3-10）

2. 抽象的形态

抽象在哲学概念中是无形象的，看不见、听不到、摸不着。但在艺术领域，抽象是相对于具象而言的。艺术中抽象的“形”是指这个形不表达具体的形象，即完全抛弃了对客观存在的具体形象的参照，成为超脱自然形态的人为形态。在绘画中，多指纯粹形态或几何形态。

色彩归纳写生对于抽象形态的研究，着重在于面对客观物象写生时，对形体进行归纳，不是再现和模仿客观形象，而是要对客观形态经过观察、分析，强化理性思维和想象力，通过提炼、归整、分解重构，创造出新的形象元素和抽象的画面形态。这当中重要的是学习和把握形态的变化、变异和元素的组织重构的方法，这也是归纳写生中的主要内容。（图 3-11、图 3-12）

图3–9
学生作品（一）
（刘旭敏）

图3–10
学生作品（二）
（娄景东）

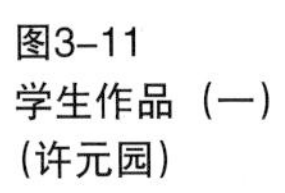

图3–11
学生作品（一）
（许元园）

图3–12
学生作品（二）
（卢英英）

二、色彩的归纳

色彩给人视觉上造成的冲击力是最直接而迅速的。色彩实验证明，在初看物象时，人们对色彩的注意力占 80%，而对形体的注意力仅占 20%；两分钟后，对形体的注意力可增加到 40%，而对色彩的注意力降至 60%；五分钟后形体和色彩才各占 50%。由此可以看出色彩在视觉中的效应。

色彩是构成视觉美感的最为重要的因素之一，是一种最富表情和情感的元素。大自然中万紫千红、五彩斑斓的景色，会给人带来喜悦和欢快。优秀的人工色彩组合也给人以美的享受。因此，如何有效地运用色彩取得画面效果，是色彩归纳写生中要研究的重要问题。

1. 写实色彩

从写实性色彩的角度看，客观物象的色彩处在特定的环境空间中，常常由固有色、光源色、环境色等诸多方面因素的相互影响而呈现。这种固有色、光源色、环境色等在物象上的相互关系是人们认识自然色彩的主要内容。如从明暗调子的具体关系来观察研究色彩，人们不难发现：物体亮部的色彩主要是光源色和固有色的混合；而物体高光的色彩，基本上是光源色的反应；物体中间调子的色彩既有光源色与环境色的影响，又是固有色的自身体现，是物象色彩变化最丰富的部位，但总体上讲中间调子是固有色最明显的部位；物体暗部的色彩主要是固有色与环境色的混合；物体交界部位的彩色感最弱等。物象色彩的这些变化规律是了解色彩原理和观察、分析、表现色彩的基本途径，这也是写实性绘画主要研究的内容。（图 3-13、图 3-14）

2. 装饰色彩

与写实性绘画相比，色彩归纳写生并非强调再现被描绘物象的色彩变化规律和客观存在状态，而是强化人们各自不同的主观感受，将个性追求和形式美的构成作为研究的主要内容，在写生时，不是被动地观察和描绘而是主动自觉地去发现和创造。因此，在表现形式上，往往可以改变客观物象的色彩关系和自然形态中色彩的固有面貌，而只考虑它是不是真实的色彩关系。在画面中注重色彩之间的和谐关系及新的表现形式研究。通过运用均衡、节奏、韵律、对比、调和等形式法则或采用排列、组合、并置、推移、切出、打散分解等手法构成新的丰富的色彩视觉效果。（图 3-15、图 3-16）

图3–13
学生作品（一）
（杜丽宁）

图3–14
学生作品（二）

图3–15
学生作品（一）
（王东霞）

图3–16
学生作品（二）
（董梦阳）

第三节

色彩归纳写生的特征

色彩归纳写生是面对自然物象而进行的写生行为。它不脱离客观对象，并以客观物象作为描绘的依据；但它不拘泥于自然界中的时空观，不沉迷和满足于再现自然的客观存在的状态；需要发掘作者的理性和创造性思维；在画面中既强调对客观对象的感受，同时又强调独具匠心的构思和在构图、构形、构色等方面的主观想象。概括而言，色彩归纳写生在画面构成形式上多营造二维空间的平面化效果，表现手法多见于平涂法，强调大胆的概括能力，注意程式化的色彩关系，突出构成美的因素，让自然的形态、色彩从自然状态经过主观处理变成主观造型。

一、化写实为夸张

夸张是艺术的强化，出于对情感的抒发，以营造有意味的形式、追求感染力为目的，是艺术表现中最常用的手法之一。在一般的常规性色彩写生中，虽然也运用这一手法，但在整体上多强调较为真实的描绘。而对于色彩归纳写生来讲夸张手法的运用则具有更多的自由性，集中体现在变形和变色上。形象处理得是否有意味、是否能突出主题、是否更好地表达作者的个性和观念、情感，使画面更具感染力，这同变形处理是否得当关系极大。另外，色彩的设计是否符合画面主题、是否能形成画面形式风格等都与夸张手法的处理密切相关。因此，变形、变色的方法和技巧是在色彩归纳写生中必须仔细斟酌考虑的。如在构图时可打破自然存在的空间关系，在构形上可依照原形进行变形，在构色上可以强化主观色彩意向。通过夸张，使主题得以鲜明、形象得以突出、无关紧要之处得以限制，使画面整体更富艺术感染力。（图 3-17、图 3-18）

图3–17
学生作品
（崔琳）

图3–18
《哭泣的女人》
（毕加索）

二、化立体为平面

平面化是色彩归纳写生的主要造型特征，也是画面取得装饰效果的重要手法。它是以将客观存在的立体物象转化为平面化形态为特征。要想取得平面化，就必须建立新的观察和思维方法，强化构图上的散点布局，构形中的整体提炼和构色上的概括归纳。平面化有客观平面化和主观平面化之分。前者在构图上仍存在空间状态，形与色都不作过多的变动，给人一种较为写实的平面化效果；后者强调主观感受及需要，可改变自然序列为人为序列，可将自然状态夸张变形，画面追求形式构成的完整与新颖。（图 3-19、图 3-20）

三、化杂乱为秩序

自然现象极为丰富多彩，同时也较为杂乱无序，在归纳写生中，应从整体与大处着眼，根据审美和主题的需要使形象构成因素排列组合有序，使凌乱繁杂的事物变得有序和谐，规则化、程式化、条理化，从而产生装饰美感。（图 3-21）

图3–19 学生作品（李海丽）

图3–20《镜前少女》（毕加索）

图3–21 学生作品（腾飞）

第四节 归纳色彩写生的基本形式

归纳色彩写生是相对于常规性的绘画写生而言的，是一种建立在一般色彩写生基础上的新的写生方式，通过规定的具有针对性的课题训练，可使学生了解、掌握装饰性色彩造型的表现语言，提高创造和表现的能力。以简约的色彩创造出富有形式意味的装饰画面，是归纳色彩写生的目标。一般在训练时分为两种基本形式：客观写实性归纳色彩写生与主观设计性归纳写生。

一、客观写实性归纳写生

客观写实性归纳写生介于一般绘画性写生和平面装饰性绘画写生之间，主要是以客观的自然色彩规律性研究为目标，从而建立起对色彩基本要素的感性认识，其表现特征是将具有三维特点的客观物象在平面上表现出具有三维的真实感。对于丰富的色彩关系和微妙的色彩变化及明暗关系多做减法处理，在形式上基本呈现出客观对象的原始状态。

1. 构图训练

客观写实性归纳色彩写生是通过焦点透视来体现构图特征的。画者的立足点和视点都是相对固定的，在画面上的各个形象基本依照自然分布状态来排列组合，体现着对象客观静止的空间样式。

焦点透视构图在西洋画中最为常见，其最大的特点是在画面中建立三维空间，把客观物象中的三维体积关系和纵深感在画面上逼真地表现出来。

在客观写实性归纳色彩写生中，运用焦点透视进行构图布局就能相对容易地表现出空间感、虚实感，较为客观地反映对象。站在不同的位置上观察自然对象，映入眼帘的对象形象是有很大差异的，整体会呈现出近大远小的形体透视特征，还会呈现近浓远淡、近暖远冷的色彩透视特征。在正确把握上述特征的基础上对客观物象进行归纳、提炼和概括就能获得逼真的纵深感。（图 3-22、图 3-23）

图3–22
学生作品（一）
（崔阳）

图3–23
学生作品（二）
（戴丽思）

2. 造形训练

写实性归纳写生的形象变化是在忠实于自然物象的基础上予以适当的剪裁、取合、修饰。对形象中特征突出的部分和美的部分加以保留或进行艺术处理，使之产生一种净化、单纯、整体的效果。写实性归纳造形应注意以下几点。

（1）立体感　形象描绘仍然忠实于客观对象的基本面貌。保持立体的空间状态，每个物象的体形特征，以及形与形之间的空间关系，都是按照客观的自然序列来进行塑造的。（图 3-24）

（2）整体感　在忠实于客观对象的基本形态的塑造中，不是一般意义上的看到什么画什么，而是在形态丰富的层次中，采取减法。即通过简化，集中本质、删除多余，使冗繁的自然得到修饰理顺和艺术加工，强化形象的整体感。（图 3-25）

（3）秩序感　秩序化是把自然中杂乱无章、散乱无序的东西予以归类。在不失自然天趣的情况下，通过变化处理，使形体、结构、空间位置、质感等呈现出秩序感，画面具有一定的装饰性。（图 3-26）

图3–24
学生作品（一）
（腾飞）

图3–25
学生作品（二）
（邬朝松）

图3–26
学生作品（三）
（李婷）

3. 色彩训练

客观写实性归纳写生在一定程度上摆脱了对客观物象的依赖，增加了学生在各自感受基础上的表现成分。因此，势必带来不同的感受，运用不同的技法，都会产生不同的作品风格。

在保持客观物象的立体感、光感、空间感的基础上，以形色合一为原则，对丰富的形色关系通过概括做局部性有限度的归纳，并采取平涂的手法加以平面化的处理，形成色阶的变化，效果如块面状。块面表现的块是指具有立体感的整体；而面是指局部性的转折面，每个面部是经过形、色归类后所具有典型色彩的特征。因此，色块的变化也随形体的转变、推移而形成色阶。

在块面表现中，因表现方法的不同也会产生不同的画面效果。

（1）拼接法　这是一次性表现法。即对概括归纳的区域性特征加以界定后，再逐一平涂填色，完成一个部分，再画另一部分，以此类推完成画面。拼接法这是采取整体把握、局部完成的方法。因此，作画者要心中有数，前期要全面筹划好。（图 3-27）

（2）叠加法　这是逐层表现的方法。画时要一层一层地画，首先铺基本色，再压第二套色，逐层叠加，使画面丰富起来。（图 3-28）

写实性归纳的构色不是机械地照抄、模仿自然色彩，而是在准确把握其色彩关系的前提下，用有限的颜色去表达丰富的色彩变化。最有效的方法是对对象丰富微妙的色彩层次进行归纳或限定，如采用分阶法、限色法。

图3–27
学生作品（一）
（张玉）

图3–28
学生作品（二）
（王彦）

（3）限色法　限色也是概括提炼的有效方法。限色可用多套色过渡到少套色，甚至是黑白两极色。多套色可相对自由地表现物象色彩的客观存在状态。只是对物象丰富繁杂的明暗和色彩关系加以归纳梳理。将客观自然的色彩关系通过归纳概括或限制浓缩于画面上。少套色的设色在一定程度上符合主观意象表现中要明确、概括，以达到整体统一的效果。（图 3-29）

图3–29
百叶窗前的静物
（詹尼斯）

二、客观写实性归纳色彩写生步骤

1. 构图

采取焦点透视构图，视点相对固定。构图要按照对象自然放置的序列来分布，着重表现对象客观存在的空间样式，但必须对物象进行提炼、概括。写生时，要认真选择作画的角度和位置。

2. 造型

在对形态的表现上，对象的空间感、立体感和质感都应考虑，但是并不是对实物的忠实描摹，而是在自然的基础上采用减法处理，通过简化概括使客观对象得到修饰和艺术加工，从而产生一种整体、单纯的效果。

3. 设色

在对色彩的描绘上，不要机械地照搬照抄，而是在准确把握色彩关系的前提下用有限的颜色去表达丰富的色彩变化，进行归纳和限定，使色彩更具表现力和感染力。（图 3-30 至图 3-33）

图3–30
学生作品（一）
（田林林）

图3–31
学生作品（二）
（田林林）

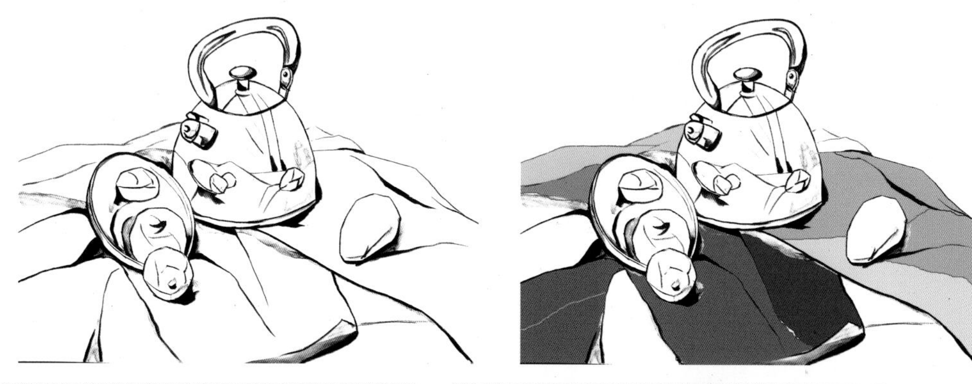

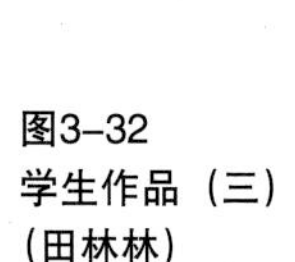

图3–32
学生作品（三）
（田林林）

图3–33
学生作品（四）
（田林林）

三、主观设计性色彩归纳写生

主观设计性色彩归纳是在写实性归纳课题基础上的训练，是更具装饰语言和装饰特征的一种表现形式。简而言之，是以平涂的手法追求具有平面性的艺术形式和装饰效果，这是一种常见的表现风格。这种风格从传统艺术到现代艺术，从东方艺术到西方艺术，从现代绘画到现代设计，广为应用，屡屡可见。其鲜明的装饰效果和简洁的艺术手法为人们所熟悉和喜爱，也是众多的艺术家和设计师不约而同地选择并加以发展的艺术手法。

主观设计性归纳色彩写生，改变了常规全因素的观察表现习惯，弱化了客观现实中的体积感和自然色彩，集中强调和表现主观形与色的变化，在变化中感受形、色合一的完形特征，从中领悟平面的整体效果。

(一)构图训练

绘画的构图,就是依据主题和内容,将所要表现的形象加以组织和适当配置,构成一个完整协调的画面。唐代张彦远曾高度评价构图的作用,把它称为“画之总要”,放到了对于形和色的主导地位。因而我们在动笔之前,需匠心独运,精心组织。只有这样,才能充分发挥构图自身的能量,取得最佳的艺术效果。

主观设计性归纳色彩写生在构图上,变自然序列为人为序列,化多维的立体空间为二维的平面空间,这就必须改变常规的观察方法,即弱化一般写生惯用的焦点透视,将固定的视点变为可移动的视点。运用散点透视、多点透视来观察物象是取得平面化空间最有效的手法。

散点透视,是我国绘画的传统透视法,其视点流动,好像坐着直升机在空中飞翔,把一路所见连续地“摄”于画上。

任意透视,比散点透视更为自由,视点随心所欲移动,只要求画面组织得合理协调。通过散点透视或任意透视,画面虽然具有一定的立体感和空间感,但是形象在画面的位置明显缩小。在描绘时,可将立视体构图和平视体构图结合起来运用,以丰富画面层次,便于根据主次轻重形象来进行安排。

1. 平视体构图

平视体构图是打破透视规律的一种构图方法,构图对所画的物象没有固定的透视点,而采取移动视线,平行透视。对象不分远近,摆在一个平面上,一般是把自然中处于纵深向的各个局部作横向转移,安排于画面的上下左右,视线与物象立面垂直,没有顶面、侧面的描绘。为实现这样的平面效果,首先要把自然序列中各个形体组合之后所占据的位置在画面上改为人为的秩序,主观地经营画面中形、色的组合关系。我国古代的画像石泗水捞鼎、战国时的水陆宴乐攻占铜壶、汉代金银错狩猎纹铜车饰等,都是平面展开的叙述内容,不受时间、空间的局限。形象自身的各局部、形象与形象之间一般都不重叠,以剪影轮廓的形式出现,巧妙地进行交错穿插,使形象的主要特征全部呈现于画面之上。这种构图造型不显烦琐,有整齐的秩序美感。概括能力强,形象语言简洁、单纯、明了,注重装饰效果的突出。(图 3-34 至图 3-37)

图3–34
泗水捞鼎
画像石

图3–35
水陆宴乐攻占铜壶

图3–36
金银错狩猎纹铜车饰
(局部一)

图3–37
金银错狩猎纹铜车饰
(局部二)

我国的民间剪纸、希腊陶瓶、巴比伦壁画等都采用了平视体构图形式。平视体构图有点像把花草摊平压扁成植物标本,刻意追求人为的平面效果,取消画中个体形象的体积感和形象与形象之间组合的

纵深感，使整个画面的每一点都在视平线上。（图 3-38、图 3-39）

2. 立视体构图

立视体构图是在平视体构图的基础上做散点透视或任意透视。画面仍是采取平行透视，只是要画出物象的顶面及侧面，方法是从物象立体立面的顶点向左或向右或同时向左右画出 45° 左右倾斜的平行线，画面上下左右可以无限延伸，不受时间与空间的限制，给人以韵味无穷之感，是一种具有浪漫色彩的构图。典型的如北宋张择端的《清明上河图》。（图 3-40、图 3-41）

在面对客观物象进行写生时，重要的是应将单独的、分散的、互无联系的形象素材有条理、有规律、有主次地组织在一起，即把图像通过大小、疏密、空间、方向等关系散开布置在画面上，使之成为一个结构严谨、形式完整、手法统一的有机整体。

图3-38
安塞剪纸

图3-39
希腊陶瓶

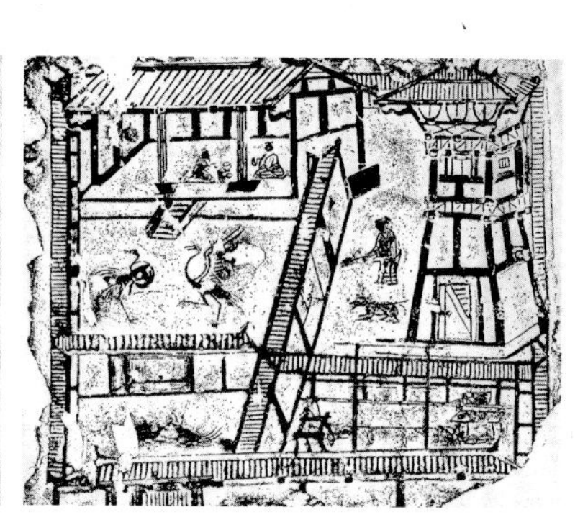

图3-40
庭院
画像砖

图3-41
《清明上河图》
（局部）
（张择端）

（二）构形训练

1. 平面化处理

平面化是装饰造型的重要特征和基础，平面化就是把三维立体的形象改变为二维平面的表现，即只在长和宽的范围内安排平面透视的物象。要使自然物象成为平面形，必须改变有三维视角的透视，主要采用全正面、正侧面、全俯面、全仰面的观察法和展开面的处理手法及剪影法。

全正面和正侧面是指在观察物象的正面或正侧面时，视角与物象形成水平线，只能见到物象的唯一正面或唯一正侧面，即平视观察的方法。全俯面和全仰面是指从上或下垂直观察物象，唯一能看到的是物象的顶部或底部。展开面是根据画面的需要，将物象看不见的另一面也以平面的形式表现出来，增加了图形的趣味性。民间图案动物的上下左右的翻转排列、立体派画家毕加索在表现人物面部和身体所运用的都属于展开面的处理手法。剪影法是表现物象的轮廓形，即抛开物象可视的纹理和结构、起伏、层次，强调物象的外形结构特征，造型单纯、简洁。（图 3-42、图 3-43）

在对客观物象的观察上还必须淡化物体与物体之间的前后、虚实等层次关系，使它们同处在一个视平面上。同时，还要根据物象平视后，形象所占据的空间位置对这些平面化形象进行布置和安排，而不是按照各个形体在客观实际中所处的空间位置来安排和布置。比起客观性归纳而言，这种方法更主观，也相对自由。

在主观设计性归纳色彩写生中必须严格构思，不能像画一般性绘画写生那样随意起稿，先铺设大调子而后收拾调整，逐步深入完成。必须在起稿和上色之前，对构图、形状和设色等各个方面进行认真细致的研究和推敲，画出严格和细致的线描图稿，这样可以为后续有效地描绘形体和设色奠定良好的基础。（图 3-44）

2. 变形处理

主观设计性归纳色彩写生在构图上使用散点透视，强调平面化，这就放弃了对物象在空间中的前后错落变化的表现，而集中在形态自身的变化上。如果不对客观形态进行处理或变化，仅把客观原形的简化所呈现的平面形态纳入画面，就会产生一种不协调、不合理的效果。变形是对自然客观形态的艺术升华，是一种感悟和想象。在平面化构形上，除了要展现客观对象最具特征和视觉效果的形象，还应充分利用夸张、变形的手法，运用形式美的规律对客观原形进行变化、对平面化形象进行再创造，使形象更生动、主题更鲜明。一定不要为了变形而变形，故弄姿态、空泛虚华，要对客观形象有感而发，才能使画面更具美感和个性。

1）变形的手法

（1）简化概括　简化是对自然形态的概括、提炼，把繁杂的不能代表事物特征的东西去掉，简化的过程是对自然物象的精炼过程，需要透过复杂的表面现象剖析事物的典型特征，把最具特点的事物和结构保留，省略一些局部的细枝末节，以加强整体感，使形象单纯化和明确化。（图 3-45、图 3-46）

图3-42
剪纸

图3-43
《朵拉·玛尔画像》
（毕加索）

图3-44
学生作品
（陆凡）

图3-45
学生作品（一）
（张倩倩）

图3-46
学生作品（二）
（孟娟）

图3–47
《桌上的静物》
（勃拉克）

（2）夸张美化　夸张是为了更突出、更鲜明地表达形象的基本特征，在依照客观事实的基础上对所描绘的对象特征进行夸大和强调，以增强艺术感染力。夸张是艺术创作中很重要的创作手法，它能给人带来意想不到的视觉效果。夸张包括比例夸张、透视夸张、局部夸张、整体夸张和适形夸张等几种。

比例夸张是根据主观意图，运用夸张手法改变自然形态的正常比例关系，强化形象特征和性格特点的一种表现手法。比例夸张可分为两种。一是拉长变形。将形象平常的比例关系拉长，在整体上呈现轻盈、舒展、挺拔、俊秀的形象特征。二是压缩变形。与拉长变形相反，是将形象的长度压缩，使宽度膨胀，形象整体上给人以敦实、厚重、稳定、稚拙、有力的横向扩张感觉。

图3–48
《戴大沿帽的让娜·埃比特纳》
（莫迪里阿尼）

透视夸张利用透视原理进行夸张，给人以方向感、空间感、动感及滑稽感。透视夸张包括正面、侧面、仰视、俯视等各种扭曲角度。常会使变形的画面产生异样的视觉效果。（图 3-47）

为达到特定的目的，往往使用局部夸张，舍弃其他而强调一点，以突出主题，强化感染力。如在人物变形时，可以根据需要突出某一局部，或夸张眼、鼻、口，或夸张头、四肢、躯干等。在商业美术中常常能看到为强调主题、传递信息的局部夸张。（图 3-48）

整体夸张强调整体的形体特征，使形体具有某种趋向性。如胖的更胖、瘦的更瘦、长的更长、短的更短等，这种整体的形象特征，能给人鲜明的视觉感受，例如，中国的画像石、玛雅石刻、非洲木雕等，给人一种力量感、拙朴感。而希腊的瓶画、比亚兹莱、马蒂斯的人物构造型却给人舒展秀美之感。（图 3-49 至图 3-51）

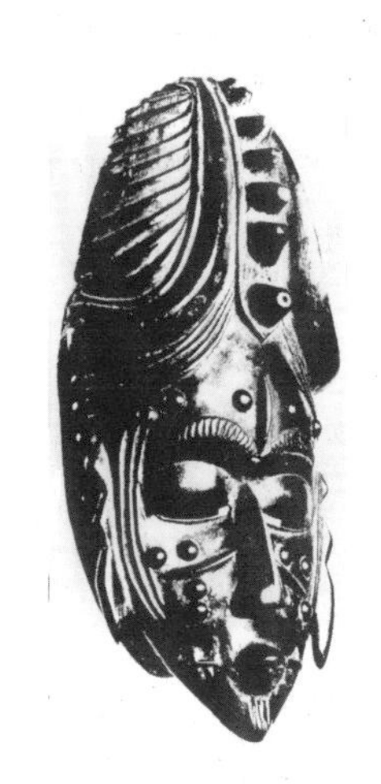

图3–49
非洲木雕

图3–50
玛雅石刻

图3–51
《粉红的裸女》
（马蒂斯）

图3–52
彩绘凤纹漆盘

适形夸张是一种限中求变的构成形式。形象在一定形状空间内依形而变、随框布置。这种受一定空间、格局限制的变形被称为适形造型。适形夸张是装饰造型的一种特殊要求。适形夸张在造型上不是以形态自身的结构为依据，而是以适形的空间来布置处理形态的内外结构，但夸张形态并不是牵强附会适形空间，适形空间往往也吻合被夸张的形态，空间与形态相互依存、相互制约、融为一体。（图 3-52）

(3)添加　添加是根据内容和形式的需要，把某些纹饰添加到形象中来，使形态更丰富、充实，打破单调，增强画面情趣。添加不是简单的填充，而是有序地编排，添加的内容不同，整体艺术效果也不同。添加包括纹饰添加和形式需要的添加两种。

纹饰添加是指根据构思构图的需要，可在某些较单一的形象上添加纹样进行修饰，使形象疏密有序、生动协调，增强形象的节奏韵律感和装饰味道。在添加纹样时，可根据描绘主题进行联想。利用一些富有寓意和内涵的纹样，赋予画面新的含义和意境。（图 3-53）

形式需要的添加完全从形式出发，在形象或其间添加点、线、面或其他形象。这种方法能使画面形象更加丰富饱满，同时增加了画面的装饰效果和形式美感，添加法在民间工艺美术中运用非常普遍。（图 3-54、图 3-55）

图3–53
学生作品（一）
（王雪云）

图3–54
学生作品（二）
（王瑛）

图3–55
《女人的三个时期》
（克里姆特）

2）变形的类型

变形是艺术的需要，也是突出主题的结果。一般分为整形变化和异形变化两种类型。

(1)整形变化　所谓整形，就是反对切割或支解，要给人一个完整的概念。即客观对象给人的基本印象，造型变化也是有尺度和准则的，无论怎样变化，本质不变，万变不离其宗。这样的方法可使人们更好地从自然形态中了解和研究变形、平面化的规律。在古代绘画、图案中的动物、花卉、风景、人物等变形和组合，多采用这种方法。整形变化无论采取什么样的手法，必须尊重客观物象的本质特征，竭力从自然形态中发现美的、适合的形象。

变形时应注重形象的来龙去脉，强调形象变化的完整性。尊重客观物象的本质特征强调“种瓜得瓜”，而不是“种瓜得豆”。

重点不要放在对象的细微形体层次、色彩等变化上，而应放在形象的整体特征方面，从结构、规律上进行变化。还应通过概括、夸张、变形等手法使客观形象逐渐成为装饰形象。（图 3-56）

(2)异形变化　异形变化的特征是在形象取舍和结构表现上不强调完形、整形和典型性。在变化中不受自然形象的完整性的制约，也不强调变形时必须注重形象的特征和结构的严谨性。所变化的形象可以是局部和细节，无须给人一个完整的概念，表现出一种形象变异的视觉效果。常用的异形变化方法有错接、叠映、倒置、切割、嫁接和分解重构等几种。

错接是指将物象形态位置错开、衔接或互相渗透，以消

图3–56
学生作品
（娄景东）

除单个形象之间的界限。错接在立体主义绘画的变形中常有出现，各种物体造型不按自然形态和透视原理来描绘。错接的画法具有丰富的结构意味。（图 3-57）

叠映以两个以上的单形重叠。其重合的部分互不遮挡、遮掩，使相叠部分出现透明的叠加效果。可使几个单形同时出现幻觉，形成变异。这种透过前面形体看到后面的形、色，前后结合形成特殊的形态，可以加强充实丰富画面的表现力，使之具有较强的时空感。（图 3-58）

倒置是将人们习以为常的形象进行斜画或倒画，以产生有悖常理的审美变异效果，可以使画面产生一种不稳定的动感，增强趣味性。（图 3-59）

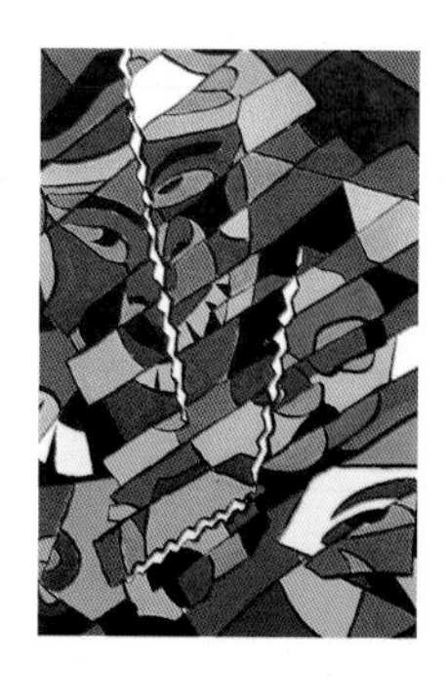

图3–57 学生作品（一）（余哲）

图3–58 学生作品（二）（吴秀翠）

图3–59 学生作品（三）（赵林静）

切割是指将画面划分出各种不同的面积、空间及物体的形态和明暗。切割的方式有两种。一是以画面构成来切割，根据画面的需要重新组合安排构成。二是以力动线来切割，在整体画面中寻找对角线、弧线、直线，以增强画面美感。（图 3-60、图 3-61）

嫁接是指将自然形态的某一部分接在另一部分的形体上，使整形消失，而出现另外的形象的方法。可以是局部与局部之间的嫁接，也可以是某一局部与另一整形之间的嫁接。（图 3-62）

图3–60 学生作品（一）（李真真）

图3–61 学生作品（二）（刘晶晶）

图3–62 《夫妇》（索勒）

图3–63 《机械元素》（莱歇）

分解重构是将原形打散肢解，以新的方式对分解出的元素进行形象化的创造和新的组合构成，从而形成新的画面结构。（图 3-63）

（三）构色训练

在构色方面，依据客观对象色彩为本源作变化。不作单纯的固有色或环境色、条件色的简单模仿，而是在尊重对客观物象基本色彩感受的前提下，加入主观的处理，并可按照色彩对比法则，诸如调和、均衡、节奏、韵律、点缀、统调等来调节和取得色彩的整体关系。在表现手法上多以整色平涂，追求形与形、色块与色块之间的对比关系，使画面呈现一种平面化、装饰性极强的视觉效果。可从以下方面来进行考虑。

1. 依照固有色

自然物象中存在的丰富的色彩关系是构色时的主要参照，也是进行想象和主观创造的重要依据。其中，各物象具有的固有色仍是在表现时的主要原色。（图 3-64）

图3–64
学生作品
（占肖燕）

2. 强化主观变色

根据作画者的想法和追求，可在设色方面充分强调主观色彩，强调个性的表现。主观变色可从以下方面进行考虑。

（1）从限色方面　如黑、白、灰无彩系的限色，或有彩系中三套色、五套色等限色。

（2）强化主观色调　如冷调、暖调、中性调、高调、低调等。

（3）强化对比倾向　如黑与白的极致对比，或色相、明度、纯度、色性的对比，或邻近色、中差色、对比色、补色等对比。（图 3-65 至图 3-67）

图3–65
《海边的穷人》
（毕加索）

图3–66
《戴帽子的妇人》
（马蒂斯）

图3–67
舞蹈
（马蒂斯）

3. 追求色彩关系的和谐

从整体上看，色彩归纳将和谐作为画面表现的一个原则，归纳的实质即是秩序井然、条理清晰。当然这里的和谐不应是狭隘的，而应是既对立又统一的关系，或者说是多样的统一，这样才会有丰富变化与和谐统一的画面效果。

四、主观设计性归纳色彩写生步骤

1. 构图

运用散点透视、多点透视来观察物象，视点可以移动，可以不考虑客观对象的自然序列状态，化多维的立体空间为二维的平面空间。

在面对客观物象进行写生时，重要的是应将单独的、分散的、互无联系的形象素材有条理、有规律、有主次地组织在一起，即把图像通过大小、疏密、空间、方向等关系散开布置在画面上，使之成为一个结构严谨、形式完整、手法统一的有机整体。（图 3-68）

图3–68
学生作品
（李猛）

2. 造型

将立体物象转化为平面化形体，要注重表现对象最具特征和视觉效果的角度，利用平视观察、剪影观察和夸张、变形的手法，对客观原形进行变化，使形象更突出、主题更鲜明、画面更具意味。

3. 设色

在尊重对客观物象基本色彩感受的前提下，加入主观的处理。并可按照色彩对比法则，诸如调和、均衡、节奏、韵律、点缀、统调等来调节和取得色彩的整体关系。在表现手法上多以整色平涂，追求形与形、色块与色块之间的对比关系，使画面呈现一种平面化、装饰性极强的视觉效果。（图 3-69 至图 3-72）

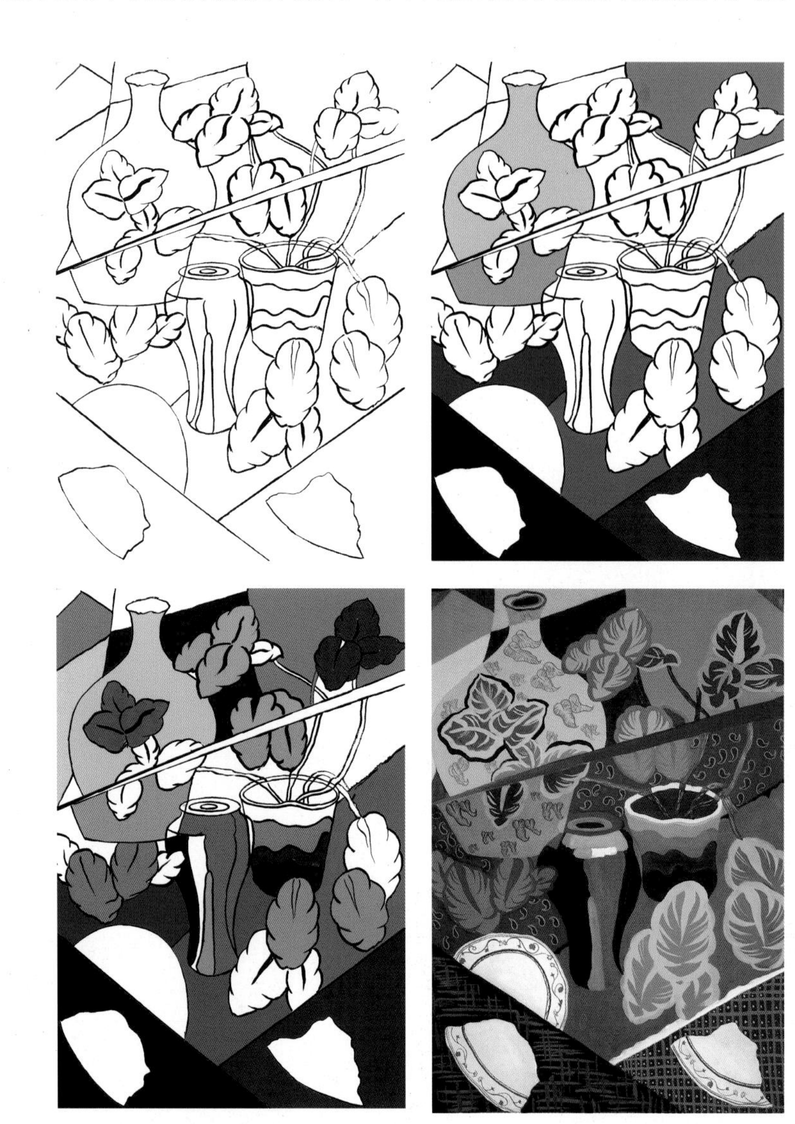

图3–69
学生作品（一）
（解佩佩）

图3–70
学生作品（二）
（解佩佩）

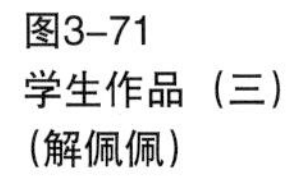

图3–71
学生作品（三）
（解佩佩）

图3–72
学生作品（四）
（解佩佩）

第四章

设计色彩与设计

第一节

设计色彩与视觉传达设计

一、设计色彩与平面广告设计

色彩是把握视觉的第一要素，并且影响人的情绪，它可以通过结合具体的形象，运用不同的色调，让人们产生不同的生理反应和心理联想，从而引起人们不同的情感体验。色彩在设计中有很强的表现力，是平面广告产生视觉冲击力和艺术感染力的重要前提之一。成功的平面广告设计应该能够充分有效地应用色彩手段来吸引观者的注意，从而起到渲染和烘托广告内容的作用。（图 4-1、图 4-2）

图4-1

图4-2

平面广告设计由色彩、图形、文字三大要素组成，在这三大要素中，色彩的传达作用从某种意义上来说是第一位的，图形和文字都不可能离开色彩而独立存在。因为人们在观看广告的瞬间，最先感受到的是色彩，色彩在设计中往往起到先声夺人的效果，它不仅在画面中有平衡构图的作用，同时还释放着不同的色彩情感，使观者与画面进行良好的沟通和交流，从而起到传情达意的作用。（图 4-3、图 4-4）

色彩不但在美化包装、表现商品特性、增加气氛和表现商品的特色和质感上能够起到举足轻重的作用；同时，色彩还能够增强广告画面的美感，使产品在消费者的脑海中留下深刻而美好的印象。色彩作为广告表现的一个重要因素，首先担负着向消费者传递商品信息的功能。广告的色彩与消费者的生理、心理反应密切相关，而色彩对广告环境、人的感情活动都具有深刻影响，它会使消费者在短时间内迅速对产品产生亲近之感。（图 4-5、图 4-6）

色彩还有使人增强辨识记忆的价值。具有良好色彩构成的广告设计，往往给人留下深刻的印象，接触事物表面的色彩特征，有时会比接触事物的本质特征更加容易。色彩还可以传达人的意念，正确表达

图4-3

图4-4

图4-5

图4-6

企业和产品的含义,即使再复杂的事物,经过一定的色彩处理后,可以使其变得简单而易懂。当然,广告设计中,除了色彩的象征性影响着人们的感受外,还需要利用文字与图像说明的配合来充分发挥广告作品丰富的联想作用。

设计师在进行平面广告设计时,要明确色彩定位。广告定位在突出标志时,更要考虑企业的个性特征,通过色彩定位来强化公众对它的辨认。色彩传达的目的在于充分利用色彩设计的创意造成一种更集中、更强烈、更单纯的视觉形象语言,加深公众对广告的认知程度,以达到信息传播的目的。

色彩在广告宣传中独到的传达、识别与象征作用,已受到越来越多的设计师和企业家们的重视。国外一些比较大型的公司和企业都精心选定某种颜色作为自身的形象色,如在可口可乐广告设计中,红色反映了产品色彩的特点,同时也反映了年轻人生机勃勃的感觉。

色彩在广告设计中的功能价值还体现在它的鲜明性、认知性、写实性、情感性和审美性等方面。由于人的视觉神经对色彩最为敏感，彩色远比黑白更刺激视觉神经，容易给人留下深刻的第一印象，因此，鲜艳亮丽的色彩有助于增强受众对广告的注意力。（图 4-7、图 4-8）

图4-7

图4-8

色彩作为平面广告设计中的重要因素，在人们尚未了解广告内容时，就能从中迅速得到所传达的信息，诸如华丽、高贵、典雅、俗媚等不同的心理反应，同时色彩与形体的结合也可以使人们更好地辨认图形，通过色彩所具有的象征性，使人们产生各种不同的联想，从而达到广告的最大效应。

实践表明，好的广告离不开对色彩的巧妙运用，艳丽、典雅或灰暗等色彩感觉，会时刻影响着公众对广告内容的关注度。鲜艳、明快、和谐的色彩组合会给公众留下较为深刻的印象，陈旧、破碎的用色则会导致公众产生不好的感觉。因此，色彩在平面广告中有着特殊的诉求力。（图 4-9、图 4-10）

图4-9

图4-10

设计师在平面广告中除了要表现出广告的主题和创意以外，还要充分展现色彩的魅力。首先，设计师必须认真分析研究色彩的各种因素，由于生活经历、年龄差异、文化背景、风俗习惯、生理反应等因素的不同，决定了每个人对色彩的喜好和感知度也是不同的。因此，在色彩配置和色彩组调的时候，设计师要把握好色彩的冷暖对比、明暗对比、纯度对比、面积对比、混合调和、面积调和、明度调和、色相调和、倾向调和等之间的关系，色彩组调要保持画面的均衡、呼应和色彩的条理性，广告画面要有明确的主色调，要处理好图形色和底色的关系。其次，设计师要明确色彩定位。广告定位在突出商标时，更要考虑企业的个性特征和企业的形象色，通过色彩定位来强化公众对产品的辨识，因为色彩传达的目的在于充分表现商品、企业的功能和个性特征，以适应商品消费市场的需求。利用色彩设计的创意造成一种更集中、更强烈、更单纯的形象，加深公众对广告信息的认知程度，从而达到信息传播的目的。（图 4-11、图 4-12）

图4–11

图4–12

近年来，随着人们生活水平的不断提高，人们的生活状态、消费观念、价值取向都在急速地发生变化，大众对于商品的需求，除了理性的实用功能外，对商品所带来的感性需求也日益增强。由此可见，在现代平面广告设计中，色彩的运用已不再是简单地为了画面效果，图形语言和强烈的视觉冲击才是广告传达信息的功能反映，因此我们必须要反映一定的主题内容，利用色彩的心理刺激作用，抓住消费者的购买心理。此外，色彩表现得准确与否，也是平面广告设计中最具有说服力的体现。因此，我们只有去深入生活、了解生活，通过不断的探索并做到应用与心理的兼顾统一，运用色彩创造出独特的形象，来满足今日消费者个性化、差异化、多样化的心理需求。（图 4-13、图 4-14）

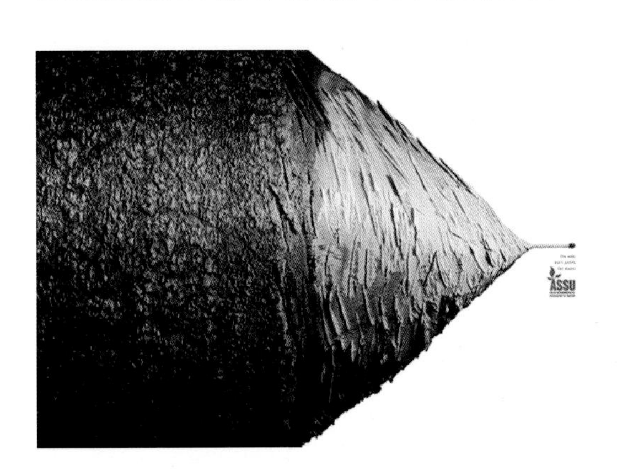

图4–13

图4–14

二、设计色彩与包装设计

包装设计是集科学、艺术、材料、经济、心理、市场等综合要素的多功能体现，兼具保护和美化商品、促进商品销售、表现企业和产品形象的多种功能，是现代商品生产和营销的重要环节之一。因此，包装设计作为一门综合性学科，具有商品性和艺术性相结合的性质。

在经济全球化的今天，包装作为实现商品价值和使用价值的重要手段，在生产、流通、销售和消费

图4-15

图4-16

领域中，发挥着极其重要的作用。包装设计是品牌理念、产品特性、消费心理的综合反映，是建立产品与消费者亲和力的有力手段，它能够直接影响消费者对产品的购买欲望。（图 4-15、图 4-16）

色彩作为包装设计的重要因素之一，是无声的商品宣传者，常常具有先声夺人的效果。色彩易于表达情感，通过合理的搭配来树立商品形象，同时也具有强烈的视觉冲击力，它依附于图形、文字和肌理而存在，能够发挥诱人的魅力和产品的展示力，因此，在包装设计中起着举足轻重的作用。

首先，包装设计用色要简洁。包装设计的用色，主要研究色块的并置关系。用色种类并不一定多，多种颜色的堆砌常常会使人眼花缭乱，相反会减弱视觉效果。有经验的设计师都懂得"惜色如金"、"以少胜多"的道理。因此，从商品的内容出发，色彩应做到精练、概括和具有象征性；从经济效益角度来看，用色少可以降低成本，有利于商家和消费者的利益。（图 4-17、图 4-18）

图4-17

图4-18

其次，包装设计要选用能见度高的色彩。所谓视觉冲击的强弱，主要是指色彩的明度和纯度的差异。色彩的注目性和它的底色有着密切的关系，形色和底色产生对比，可以增加色彩的注目性。还有就是要考虑在同一个消费市场中和同一类商品的摆放上，商品包装的色调和其他商品的色彩所产生的对比关系，也是引起注目性的一个重要因素。

同时，包装设计的色彩确定，必须从属于商品的品质、类别、档次、销售对象和销售地区。设计者首先要进行市场信息的分析，然后才能确定设计的定位，否则就会陷入盲目之中。在色彩运用中必须根据不同商品内容做到“对症下药”。如设计儿童商品类包装，就要以销售对象来定位，应选用儿童喜欢的鲜艳、明快的色调；设计食品类包装，其色彩效果就要有可口和卫生的感觉；化妆品类的包装设计应使人一看就有一种高贵、典雅的感觉等。只有设计用色与包装内容协调统一，才能使商品信息正确迅捷地传递，达到消费者即使不依靠图像、文字，只看到色彩也能领会是哪一类商品。（图 4-19、图 4-20）

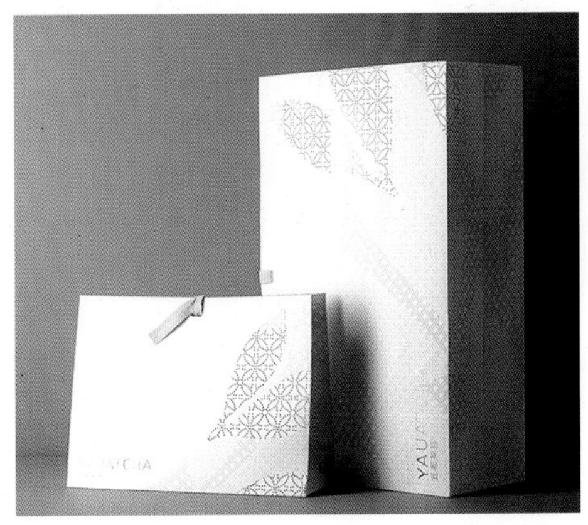

图4–19

图4–20

因此，包装设计应当充分考虑不同色彩的抽象表现规律，使色彩能够更好地反映商品的属性，适应消费者心理，满足目标市场不同消费层次的需要。对于高档商品的包装，不仅要求质量高档化，而且还要求包装色彩与全球流行基调相一致；反之，就会大大降低商品的价值。

设计者在进行色彩设计时，除了要有专业知识外，还要辩证、全面地理解每种色彩的性质和功能，以及给人心理带来的影响，避免千篇一律的习惯用色。因为要使产品包装设计用色出奇制胜，就要跳出用色的固有模式，开发色彩的源泉，扩大色彩的设计领域，在其他艺术中寻找灵感，如音乐、诗歌、舞蹈及来自传统艺术方面的彩陶、古代建筑彩绘、戏剧脸谱等，从中寻找设计色彩的气氛、意境和情调。（图 4-21、图 4-22）

图4–21

图4–22

中国加入 WTO 后，为各类产品进入国际市场创造了先决条件。但许多国家对色彩的使用存在着不同的喜好与禁忌，包装设计的色彩运用也更应该注意这个问题，以免造成因包装色彩不当而导致产品无法销售的后果。为此，现将部分国家对色彩的喜好与禁忌简介如下。（图 4-23 至图 4-32）

图4–23

美国——多数美国人喜欢鲜艳的色彩。商品包装倾向于采用一种特定的色彩或配色，从色彩上使人意识到是某种商品。美国人认为只有白色才能带来好运气。西南部地区男女老少

图4-24

图4-25

图4-26

图4-27

图4-28

图4-29

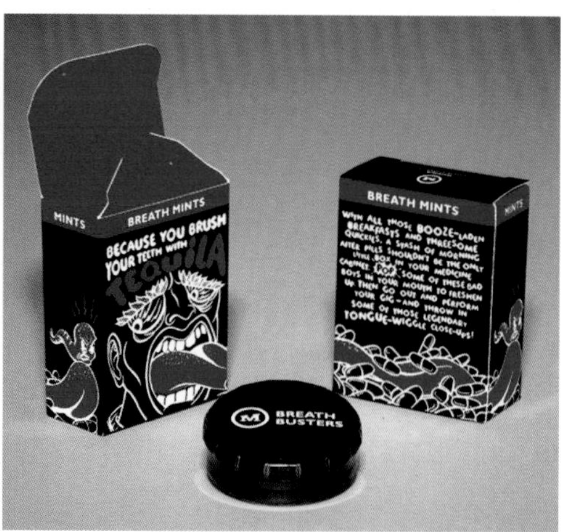

图4-30

图4-31

图4-32

均喜欢青蓝色。

英国——英国人把玫瑰作为国花，他们喜欢淡雅的色彩，但对绿色十分反感。英国人还忌讳用大象图案和用人像作为商品的装饰。

法国——法国人对红、黄、蓝均非常喜欢，他们把鲜艳的色彩视为时髦、华丽、高贵的象征。法国人把百合花作为国花，视菊花为不吉利、不忠诚的象征。忌讳核桃，认为核桃是不祥之物。

俄罗斯——俄罗斯人偏爱红色，常常把红色与自己喜欢的人和事物联系在一起。另外，他们认为白色表示纯洁与温柔，绿色代表和平与希望，粉红色是青春的象征，蓝色表示忠贞与信任，黄色象征幸福与和谐，紫色代表威严与高贵，黑色是肃穆与不祥的象征。

巴西——巴西人对红色具有天生的好感。认为紫色表示悲伤，黄色表示绝望，这两种颜色配在一起，会引起不好的预兆；暗茶色表示将要遭到不幸。

秘鲁——秘鲁人喜欢鲜明的色彩，红、紫、黄色备受青睐。其中紫色为10月份举行宗教仪式时所使用的颜色，平时则尽量避免使用。

古巴——由于受美国影响较大，对色彩的喜爱与美国相似，一般居民喜欢鲜明的色彩。

土耳其——土耳其人一般喜欢鲜明的色彩。如代表其国家的绯红色和白色，以及带有宗教意味的绿色都深受他们的喜爱。

墨西哥——墨西哥人喜欢代表国家的红色、白色、绿色，它们被广泛使用于各种装饰当中。

阿根廷——阿根廷人喜欢黄、绿、红三种颜色，而黑、紫、紫褐相间的色彩一般很少使用。

巴拉圭——巴拉圭人普遍喜欢明朗色彩。象征国内三大政党的颜色是红色（全国共和联盟）、深蓝色（自由党）、绿色（二月党），使用这三种颜色时，要特别谨慎。

叙利亚——叙利亚人最喜欢青蓝色，其次是绿色和红色。黄色则象征死亡，平时忌用。

哥伦比亚——哥伦比亚人喜好红色、蓝色和黄色。

委内瑞拉——委内瑞拉人对色彩使用很有讲究，如白色、红色、茶色、绿色、黑色分别代表该国的五大政党，一般不用在商品包装上。

如果想成为一个具有国际影响力的设计师，就要随时把握国际市场信息，积极研究消费者的审美心理，密切关注不同国家和地区不断变化的流行色，以敏锐的观察力及时发现契机，使色彩设计能够引导消费群体，体现超潮流、超时代的前卫意识。

三、设计色彩与书籍装帧设计

书籍装帧设计是在书籍的生产过程中将材料和工艺、思想和艺术、外观和内容、局部和整体等内容有机地结合起来的一门综合艺术。它既具有功能性的视觉美感，同时又是一门空间造型艺术，它要求设计不仅仅要突出书籍本身的内容，更要巧妙地运用装帧所特有的艺术语言，为读者构筑丰富的审美空间、传达书籍的精神和情感，并令读者在视觉和心理上获得畅快的审美享受。（图 4-33、图 4-34）

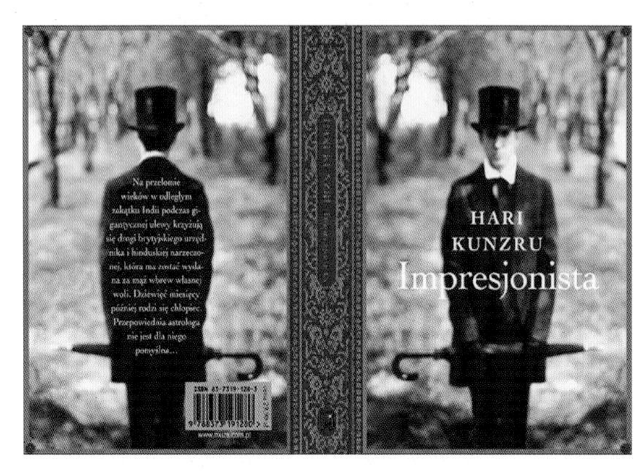

图4-33

图4-34

中国著名书籍装帧设计大师吕敬人先生曾经说过：“何谓美的书籍，简言之是那些读来有趣，受之有益，得到大众欢迎，内容与形式统一，并具审美与功能价值的书籍。”书籍不是一般商品，而是一种文化产品。随着我国出版市场的逐步开放，图书市场竞争日趋激烈，书籍装帧设计也飞速发展起来，并对出版行业起到积极的推动作用。

在书籍装帧设计中，色彩因其强烈的视觉感知功能和情感表达优势起着极其重要的作用，研究、掌握和运用色彩是认识书籍装帧、完成图书整体设计的有效途径。色彩在书籍装帧设计中运用是否得当，直接可以体现出不同书籍的内容和文化内涵。得体的色彩表现和艺术处理，能使读者对图书爱不释手，并且立即产生购买行为——这就是色彩的魅力所在，同时也是在进行装帧设计时需要研究的重点。

图4-35

不同内容的书籍有着不同的读者群。由于读者的年龄、性别、气质、个性、喜好不同，再加上职业、受教育程度、社会地位、民族传统、习惯等不同，其受社会环境的影响就存在着差异，因此，他们对色彩的爱好，对色彩搭配的感觉就会产生不同的心理效应。即使是同一个读者，在不同的情况下对色彩的感觉也会有差异。但也不否认在某一范围内或某种情况下，不同的读者会对色彩感觉有一定的相同性。（图 4-35 至图 4-37）

色彩在书籍装帧设计中不仅要受构图、立意、形式等因素的限制，同时还要受内容、书籍种类和性质的制约。也就是说，色彩在书籍装帧中的运用必须符合书籍本身的特性，即要随类赋彩，这是书籍装帧设计色彩的基本规律。一般来说，设计幼儿书籍时，针对其天真、可爱、单纯的特点，色调往往处理成高调，减弱各种对比的力度，

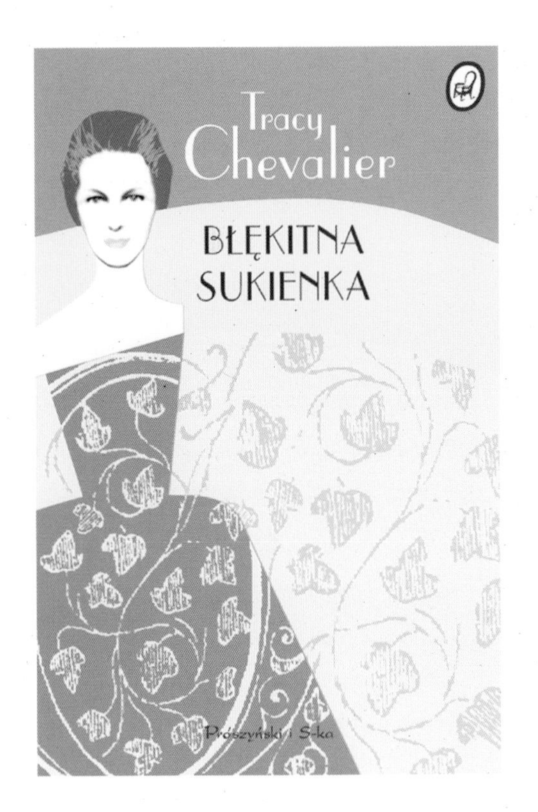

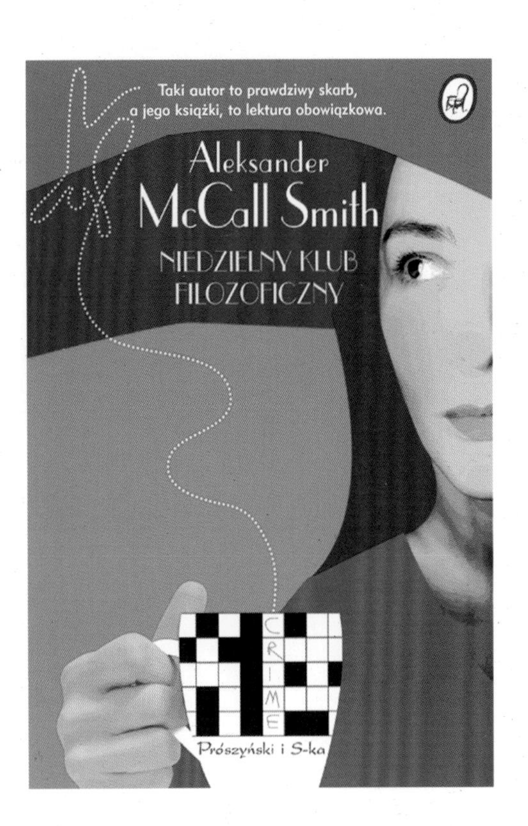

图4-36

图4-37

强调柔和的感觉；儿童普遍偏爱视觉冲击力较强的色彩，所以在设计儿童书籍时，如何使用高纯度的色彩就成为设计者构思和创意表现的重点；女性书籍的色调可以根据女性的特征，选择温柔、妩媚和典雅的色彩系列；体育书籍则强调刺激、对比，追求色彩的冲击力；艺术类书籍就要求色彩要具有丰富的内涵，要有深度而切忌轻浮、媚俗；科普书籍可以强调神秘感；时装书籍则要强调新潮而富有个性的特点；专业性学术书籍要端庄、严肃、高雅，体现权威感，不宜强调高纯度的色相对比。（图 4-38、图 4-39）

如果在书籍装帧设计中使用纯度较高的色彩，或使用对比较强的高纯度色彩的配置关系，甚至使用大面积的纯色，会给人的视觉产生强烈的冲击，使人感到震撼。但是，高纯度的色彩运用要建立在良

图4-38

图4-39

好的设色基础之上，并且各种要素需和谐统一，起到互相映衬、深化主题的作用。高纯度的色彩并非装帧设计中的灵丹妙药，对高纯度色彩的运用更应该慎重和“吝啬”。如果所有的书籍都选择纯度极高的鲜艳色彩，那么谁也无法使自己从艳丽世界中跳出来。因此，设计者不能以“艳”来掩盖既无立意又无形式感的设计，而应该通过新、奇、特的创意与构思，巧妙地进行色彩运用，使高纯度的色彩在书籍装帧设计中起到画龙点睛的作用。

色彩配置除了统一协调之外，还要注意色彩的对比关系。如果没有色相冷暖对比，就会感到缺乏生气；没有明度深浅对比，就会感到沉闷而透不过气来；没有纯度鲜明对比，就会感到古旧和平庸。所以我们要在设计中熟练掌握色彩明度、纯度、色相之间的关系，不断提高个人色彩修养。

封面设计是书籍装帧设计艺术的门面，在整个设计中起到举足轻重的作用，在琳琅满目的书海中，书籍封面甚至会起到无声推销员的作用，它的好坏在一定程度上将直接影响人们的购买欲望。图形、色彩和文字是封面设计的三要素，设计者要根据书的不同性质、用途和读者对象，把这三者有机结合起来，从而表现出书籍的丰富内涵和独特的美感。（图 4-40、图 4-41）

图4-40

图4-41

当然有的封面设计侧重于某一点，如以文字为主体的封面设计，设计者就不能随意地堆砌一些字体在封面上，否则仅仅按部就班地传达了信息，却不能给人以艺术的美感。因而设计者需要在字体的形式、大小、疏密和编排设计等方面下工夫，在传播信息的同时给人一种韵律美的享受。因此，好的封面设计应该在内容的安排上做到有主有次，层次分明，简而不空，在色彩与图形的设计上多做些文章，有一种生动和谐的气氛、意境或者格调。

另外封面标题字体的设计形式必须与内容以及读者对象相统一。在封面设计中，哪怕是一根线、一行字、一个抽象符号或一块色彩，都要具有一定的设计思想。封面设计既要具有思想内涵，同时又要具有美感，以达到雅俗共赏的目的。成功的设计应该是具有感情的，如政治性读物设计应该是严肃的，科技读物设计应该是严谨的，少儿读物设计应该是活泼的，等等。

图4-42

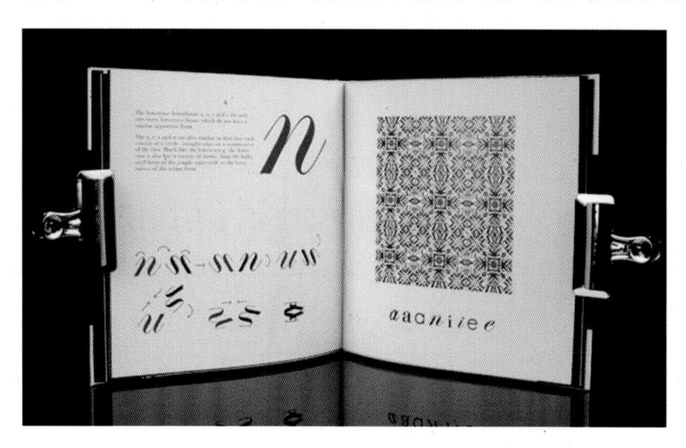

总之，好的书籍装帧设计不仅要从形式上吸引读者，同时还要有良好的立意和构思，从而使设计从形式到内容形成完美的艺术整体。（图 4-42 至图 4-46）